目錄

策劃序 4

主編序 6

紮根 70 年手寫花牌之傳承
李炎記花牌 8

英式收藏品緬懷昔日香港
Badges Story House of Men 18

小巴水牌成就香港文化符號
巧佳小巴用品 28

濃茶之中淺嚐人情
香港奶茶研究所 38

共融浪漫花藝時刻
就是偏偏喜歡你 48

半世紀開鎖配匙專家
樹記鎖類工程 58

漁二代頓悟出新方向
肯尼海鮮 68

為靈魂穿衣的心靈設計師
Noel Chu Atelier 78

洗熨去污樓下暖心服務
美麗華機器洗衣 88

修遮修補城市心
新藝城華呈 98

聆聽身體重啟人生
11:11顱骶頭骨調整 108

以實用射擊射中青年心
Double Tap 118

寵物護理咖啡廳
BOGU Pets Grooming & Coffee 128

藍地墟上士多三代情
木山士多 138

重視熟客感受代購韓國物品
GIN Boutique 148

彈床教練創健康社群
Fitness Expert Studio 158

慢活「訴」食音樂空間
素心事 168

「糕」至心靈的藝術
BYJ Art Bakery 178

魚教育於親子
魚遊—金魚探索館 188

大南街留下來的匠人
阿里皮藝 198

為甚麼我要出這本《疫戰復常》？先同你分享個故事：

從前有兩爺孫相依為命。阿爺很勤力，日做夜做。孫兒則喜歡分析。

爺爺在公路旁開了一家叉燒店。當時正是經濟不景氣年頭。爺爺雖然眼又矇、耳又聾，但運氣算不錯。運氣不錯是因為他眼力不佳，看不到報紙，耳力又弱，除了替顧客落單以外，總聽不到他們的交談，不太知道世界發生甚麼事。

當時原來正值經濟大蕭條。可是因為他從不曉得經濟有多不景氣，依然做得很起勁，滿面笑容不停地「斬叉燒」。從早到晚，爺爺依然每天把小店的門面招牌刷得乾乾淨淨，在會在路邊又豎起多個宣傳的招牌，讓老遠的人聞到香味便懂循招牌找來。而他的出品確實真材實料、爐火十足、物超所值。很多人都老遠慕名而來幫襯這間小店，令此叉燒店生意滔滔。

而爺爺早年賺夠錢送孫兒到外國讀名牌大學。孫兒主修經濟學，日日學分析，不久就學業有成，他已將整個世界經濟形勢分析得瞭如指掌。某年聖誕，孫兒從外國回來探望爺爺，看到店內生意仍然興旺，便跟爺爺說：

「爺爺，這裏有點不對勁，店內實在不應這麼好生意。你知道外邊正值經濟大蕭條，很多人失業，找不到工作，每人收入都大減，而且很多店舖都執笠結業啊！」

於是，他把課堂上學到的經濟蕭條前因後果，努力地為爺爺解說了一遍。提到若懂分析的人，都知道現在是節衣縮食，減少開支的時間。爺爺這是像晴天霹靂的恍然大悟：

「孫啊，竟然是這樣。我一直都不知道這些，那今年我們不要再花錢裝修門面，叉燒切成小份，飯也減少好了，材料就入些便宜貨。既然人人

都沒錢消費，我又何必在路邊放那麼多招牌？損耗大又未必有成果，索性減少宣傳推廣費用，也縮短營業時間好了。

於是，爺爺停止所有積極性的行動，人變得消極、沉默，笑容都收起來了。結果呢？生意當然一落千丈，半年後結業收場！

以上故事對我影響甚大，它帶出什麼理念？

心態決定命運，態度決定高度！過去幾年，在香港做生意的朋友必定不好受。我自己是做商舖基金，也是受重創的一個行業。 但反問自己：「怨天怨地有用嗎？」我只是想「斬叉燒」！

倒不如用積極心態面對逆境，人棄我取，亦解釋了這本書為何要找來 20 間出色堅持的創業者分享「疫戰復常」經歷。各創業者都飽受社運、疫情、加息、消費外流的衝擊，仍然屹立不倒營運至今，甚至乎疫後再闖高峰。

我們作為香港人，失去什麼都不重要，最重要是不能失去對自己的信心。因為失去了信心，就真正失去了一切。無人能準確預計市況升或跌，我只知道事在人為。積極面對，做好自己，每天都在裝備、增值、爭取就自然「危中有機」。人云亦云，盲目追隨的話，就「機中有危」。大家香港創業者加油。

盛滙商舖基金創辦人
李根興博士 Edwin

主編序

疫情時期，人人都盼復常。復常後，卻發現回復的只有除下口罩的生活，香港市道已經翻天覆地的改變。

三年前，人人都問：「疫情來了，何去何從？」三年後，人人仍然在問：「疫情完了，何去何從？」經濟下滑、港人北上、移民潮等等因素，讓創業者舉步維艱，更何況是默默耕耘，守著香港價值的小店？

當細心品味，聆聽小店的人情故事。才發現這些小店的堅持，默默體現出香港人「明知不可為而為之」的堅持精神。消費力下降，環境變得有挑戰，卻激發出每一位小店店主，記起自己創業的初心，發揮出香港人的打不死精神。

20間小店故事，是 Edwin 李根興博士與編輯團隊從港人提議的過百間小店中，嚴格挑選出來，它們有些在堅守香港獨有的文化味道；有些屹立了幾十年，見證香港變遷，同時在舊時光與新時代中找到完美平衡；也有店主為以特有方式，繼續上一代父母留給港人與自己的愛；亦有些有理想的店主，在這時代中身體力行實體理念，在商業之餘照顧著港人身與心的需要……20間小店，一個個血肉故事，也是香港小店、香港人的心聲。

時代的變遷，是既定的事實。如何面對巨輪，是我們的選擇。小店支援著香港人的起居飲食等民生事。不少店主也分享，實在打工比經營店舖舒服得多。既有選擇，仍然堅持，為的是心中的一團火，也想給香港人更多的選擇。沒有人會否認面前是一場硬仗，因為難，所以更要用心，更要花心血，一步一腳印平衡著理想與營商。愈戰愈強，敢作敢為，不也是香港人精神的體現嗎？

這些年聽到不少人說，香港小店正悄悄的消失，幾多百年老店都撐不住了⋯⋯。更多小店卻在告訴我們，香港精神一直仍在。因為香港人的人情與堅毅，如同一間間的小店，一直堅持著。只要我們希望，它便可以不滅。

同時感恩 Edwin 在每個故事後的商業分享。無論是否創業，也值得細味。配合著小店的人情故事，像一場場袖珍的商業講課，我們都得益甚多。

盼，看到此書的你，在這些故事中得到共鳴，讓這些小店燃起你心中的希望，一同堅持下去。香港人，香港店，仍在。只要你願意，一直都在。

陳糖

紮根70年
手寫花牌之傳承
李炎記花牌

走過新界，或佛誕等廟會時，有否留意牌坊上總會看到一個
巨大而極具特色的紮作花牌？那是列入香港非物質文化遺產
的傳統工藝，非常吸睛，所採用的藝術工藝也值得敬佩。

栩栩如生的動物造型，來自李老師傅的創作與蘭姐的修補

　　多少年來，香港如何變遷，仍然會發現這些巨型花牌，依然屹立於廟會與圍村喜慶節日中。製作這些花牌的李炎記花店，父傳子女，承傳著一份父女教育之情。傳到第三代黎俊霖 Andy 手上，情懷依然不變，且更堅定保育與發展。

非遺紮作花牌

　　一支支竹篾、框上鐵線、以鐵片固定，成為支架，再加上多個孔雀、凰等的冠頂、配上栩栩如生的龍柱在旁。中間放著幾個大字，多是有關主題：「酬謝神恩」、「盂蘭勝會」、「某某開張大吉」等大字、底下有俗稱「兜肚」的地方，多是寫上送禮人的下款。花牌需要搭棚才能將它搭起，看地來宏偉又美觀。它，就是華南地區的傳統民間藝術：紮作花牌。這些紮作花牌，見證了香港的黃金歲月。而李炎記的故事，也是滿滿的香港印記。

李炎記的前世今生

　　據第二代蘭姐李翠蘭憶述。五十年代，李錦炎師傅還未接觸紮作花牌。當時他是個「伙頭大將軍」（酒席廚師），舉辦婚宴喜慶的主人家多在村口辦桌，要靠這些「伙頭大將軍」到會煮食餐具、食材以及碗碟，即席為主人家籌辦喜宴。李師傅一家住在元朗，常會攀山涉水走進大埔等地，為他人作喜宴。

　　那時家家戶戶都不富裕，交通亦非常不便。而李師傅因為人手不足，總會帶著全家大小，租上一家貨車「出省」。有時晚上找不到車，也只能在街上露宿。蘭姐笑說，她曾睡過大埔火車站，過了一晚才能回家。五六十年代，這是新界平常人家的生活：家庭式工作、半邊難半邊佳，一步難、一步佳的生活，汗水中既有淚也有甜。

　　那個時代，單純辦喜宴生活總是有點吃力。有次李老師傅準備喜

宴，遇上客人想要做花牌，便問李老師傅可否幫忙。那年頭，甚麼都是看著嘗試，平常人家想要甚麼便問身邊的人誰可幫忙。李老師傅看著花牌，覺得不算難，便研究著無師自通地造了出來，成效不錯便開始接下花牌生意。

喜宴、花牌，都不是日常生意，李老師傅就像現在的斜槓族，兼做不同的項目。在 1952 年現址做了李炎記的生意。直至伙頭的生意式微，全家便投入到花牌行業當中。李老師傅的藝術天份亦漸見發揮於花牌作品中。「阿爸是個很厲害的人，很有藝術感。這些鰲魚甚麼的都是他畫出來的。他製作從不用畫草稿，全是他的心裡描繪，然後會能夠紮出來。你看多漂亮？」現存花牌上的動物造型，原來仍然以李老師傅的根基而成，已有幾十年歷史。

承父業的花牌緣

問到蘭姐甚麼時候繼承衣缽，原來她一輩子都在紮作花牌世界中。

蘭姐的一生，從協助爸爸開始，與花牌結緣。五十年代，蘭姐出生不久，看著爸爸在店裡紮花牌。小學畢業，她便開始在家裡幫忙。七八十年代，香港經濟起飛，蘭姐與哥哥忙得不可開交。那時候很多新店開張，每天也要在店裡工作。蘭姐整天在店，未必看到西裝革履、魚翅撈飯的銀行大班。卻知道人人都願意開張、廟會時搭建一個大型花牌。紅噹噹的耀眼花牌，映襯出香港的五光十色。

高至三層樓的花牌

花牌可以高至三四層樓、闊 8 至 12 尺，很多時需要搭棚才能搭建。「以前我哥哥會拿著竹枝自己搭棚架起花牌，超過兩層高的要找搭棚師傅幫手。」花牌中的特色棉花字，則多是蘭姐手筆。「棉花字」，是指以前的花牌中間大字並不是由筆所寫，用一團團棉花依著字型黏上，遠處看見份外醒目。可惜現時棉花字因原材料缺失，只能改用油漆畫上。雖少了點味道，仍無損蘭姐的典雅書法。蘭姐的書法繼承了父親的藝術天份，字體獨有一份瀟洒。

不經不覺李炎記已70年老字號

「花牌上的字也是阿爸教我的。他在寫花牌中間的大字，我就在旁邊跟著看。他用漿糊在紙上寫上字，寫完我便拿走。然後再塗漿糊跟著字重新畫一遍，將棉花塗上去。」李炎記的其中一個特色，是蘭姐的手寫花牌字，乃現今少有手寫大字書法。獨創的「花牌體」字型背後，是父女之間的一份傳承與愛。

堅守三代承傳工藝

「我整輩子就在這店裡，連旅行也不怎麼去過。現在退休了，交給阿俊我可以去旅行了。」今天，蘭著笑嘻嘻地告訴每一個來探訪的新知舊雨：她早就便退休了。因為年紀大，長年累月跪坐寫字實在讓身體吃不消。現在只會閒時回店幫幫手，特別是為那些堅持要她手寫

大字的顧客提筆揮毫。生意早就交給第三代黎俊霖 Andy 與拍檔打理。

會接手這盤生意，並非因為 Andy 早已接觸這行業，反而是因為接手了生意，才愛上堅持紮作花牌。「我是搭棚出身，師傅叫我便幫幫忙。自己在圍村住，知道有花牌這個行業。我最初還以為是『手板眼見』功夫，怎知道這麼棘手。眼見行家都年紀漸大，找不到人。我也不想花牌這工藝到我手上就失傳，就接手生意。」

接手後，Andy 花心思能讓更多人知道「花牌」這特色工藝，亦希望能讓「李炎記」在這非遺工藝世界裡，有更多記憶點。「這條龍柱是事頭婆（蘭姐）逐筆逐筆畫出來的，由他爸爸（李老師傅）開始，已

舊時花牌

已經絕跡的棉花字

經有這龍的形態。我覺得這是我們的特色，便不斷問政府、不同機構詢問如何申請專利。幸好最後將這龍柱註冊了，令客人一看到便知道這龍柱是我們獨有的。」為了繼承李炎記，Andy 不斷突破自己，除了學習這門手藝外，當初連電腦都不懂的他，專程學電腦，帶領花牌工藝進入了新時代。現在大多數的字牌，也以蘭姐的筆跡做基礎，再用電腦上色打印。製作前的草圖設計，也同樣用電腦製作，以減少工序。

疫情是低潮

時代變遷，市場會否對花牌的需求減退，不少的非物質文化遺產，只能放在博物館裡展示任由市場淘汰，紮作花牌會嗎？Andy 笑稱他們的訂單多得應接不暇，好些旺季客人會早一年已預訂花牌。

「花牌這一行還是有市場。因為需求的多是圍村習俗。每逢喜慶日子、盂蘭勝會等節日，他們（圍村）仍然要做儀式，仍是有需求。」香港是個有趣的地方，科技發達，不少舊區重建、推倒重來，舊城市的痕跡剎那間可以消失。圍村習俗卻不會，仍然能夠維持傳統。可以說圍村習俗一日仍在，花牌的市場仍舊穩定。生意能夠持續，少不了因為圍村文化，成本控制亦如是。製作一個花牌，單價眼看不便宜，10,000 多元的造價，搭棚架費用佔了一半。加上竹架、花牌的保養、人工全都是成本，只能說是微利。幸好李炎記從李老師傅年代已在圍村居住，圍村將祠堂公家地用較相宜的租金讓他們可租倉放置。李炎記 70 年來，從一家小舖到現在自成一角，放著 70 多個大型花架，儼如一個紮作花牌小區。

近年懷舊潮起，Andy 亦常將花牌成品展示於社交媒體之上，宣傳花牌工藝，亦讓好些年輕人再次重視起這個特色藝術。偶然會有些演

李炎記的第二代與第三代

唱會、店舖開張會邀請他們製作小型花牌，雖然不能與傳統花牌相題並論，還是能夠打開新可能，讓更多年輕一代看見這特色工藝。

當然，行業亦遇到難過的低潮。疫情那三年間，再穩定的生意亦充滿挑戰。整個城市足不出戶，喜慶相聚的活動全數暫停，連廟會亦無法舉辦，生意大受影響，的確是艱難時刻。幸好天無絕人之路，當時政府仍然有舉行國慶、回歸等慶祝活動，找上他們製作花牌，加上白事等的花牌製作，總算捱過了寒冬。

人手才是最大挑戰

最近一家茶餐廳張貼告示結

業，原因是人手不足，無奈顯示出我城的艱難。生意不愁，卻只能因人手而停步。花牌屬於紮作工藝，卻又不止於紮作。紮起了竹架，又要顧上花牌上的大字，亦要裝崁、上棚架。找人真的不容易。

李炎記已由第三代Andy及拍檔打理

「試過有些人來學師，半日已經受不了，紮得手痛，說要吃午飯已再沒有回來。」傳統技藝，辛苦是必然，若只帶著嘗試的心態，實在難以堅持。願意吃苦的，又可能有更好選擇。「搭棚和花牌一樣需要攀高，一樣有危險性。可是搭棚的人工卻高很多」搭棚出身的Andy自知單純以薪金和工作量計算，花牌並非最好的選擇。可是他仍然願意留守承傳這工藝，是因為花牌有著歷史承襲的情。

現時已多採用電腦協助

而背後紮作的堅持，亦是承襲了幾代人的辛苦毅力、文化傳承及藝術展現。就像李炎記傳至三代，至今交由年輕一代，堅守祝福。在這裡賺取的，不止是薪金，更是一份傳承、一份藝術，一份幾千年來，載滿無數人祝福的渴望。

人們總以大型花牌作為祝福，看見它會容易沾染了喜慶的心情。

李炎記花店
地址：新界元朗舊虛南門口29號
電話/whatsapp: 6181 8268
FB: traditianalcrafts

弄清楚誰是你的「首要顧客」

紮作花牌今時今日肯定是一門非常難做的生意。不是沒有生意，而是「李炎記」他們不斷提到「很難請人」。令我想起美國哈佛大學教授 Bob Simons 的 Primary Customers（首要顧客）理論。

做生意你要弄清楚：Who is your primary customer?（誰是你「首要顧客」？）「首要顧客」的定義就是如果你的服務令顧客很滿意，他們就會為你帶來最大的利益，助你達成目標。

你可以從這三方面留意：

1 Perspective（外在觀感）：別人對你的印象如何？你的背景、歷史、個人故事，跟你所做的服務範疇相不相似。例如「李炎記」做了花牌紮作已有 70 年，外人不會對他的花牌紮作技術懷疑。

2 Capabilities（自己的能力）：即使別人沒有懷疑過你的技術，但你（如「李炎記」）是否真的有能力做好花牌紮作？你能否做得好過香港其他所有競爭對手？

3 Profit Potential（利潤潛力）：當你的服務令顧客很滿意，他們能不能夠為你帶來最大的利潤？

（見圖）你的 primary customer 就是三個圈的中間位，（1）別人對你信任（2）你的能力強，（3）服務又令他們滿意，「賺大錢」的機會是最大的。

真正的「首要顧客」

「首要顧客」不一定是付錢給你的那位客人，例如美國哈佛大學的首

要顧客是教授，而不是學生。因為有了好的教授，自然能吸引到好的學生。但有好的學生，又未必吸引到好的教授。又例如很多傳銷或直銷公司：Avon、NuSkin、Herbalife 等，他們的「首要顧客」是分銷商，並不是最終那位購買的客人。

　　以李炎記做例子，他們不擔心客源，但他們做生意最大的樽頸位反而是聘請不到技師。那李炎記的首要顧客就可能不是付錢購買花牌的客人，而是一個製作班底。

　　如果能夠建立一個強大的花牌紮作製作班底，就能接到更多生意，利潤自然能夠提升以達成目標。在這情況下，李炎記應該考慮如何更有效吸引新人入行、培訓新班子、加強團隊士氣和效率。

　　教授 Bob Simons 續說：「你要盡量將所有公司的資源去服務你的『首要顧客』，value what they value.」當他們滿意你，你自然獲得最大的回報。面對其他的人，則三個字："Just Good Enough"（剛剛好）就足夠了。不要太差，但都不需要做得太好，將資源留給「首要顧客」更好。因為資源是有限的。

　　記住你的「首要顧客」是有選擇的權利的。如果你只是投放 60% 資源，但你的競爭對手就投放 100% 資源服務給同一群顧客，你猜他們會選擇光顧誰？

　　做生意的你，弄清楚誰是你的「首要顧客」了嗎？
　　做茶餐廳的，是你的食客？是你的星級廚師？或是大地產商業主？
　　做花店的，是付錢的那個客人，還是種花的花農，你才有第一手最好的貨？
　　做李炎記，是買花牌的客人、或是經常都很難聘請的紮花牌班底呢？

Everyone else is second，三個字："Just Good Enough"就夠。

英式收藏品
緬懷昔日香港
Badges Story House of Men

香港自1843年由英國統治，至1997年主權移交中國，百多年來留下了不少英式文化事物，不單有著別樹一幟的美學設計，濃厚的歷史色彩也為它們增添不少吸引力。

創立「Badges Story」品牌的王拜仁（Bryan）尤其鍾情於香港英式軍章，自小便到處搜羅收藏，發掘它們背後的故事。長大後，更希望籍著店舖營造的歷史氛圍，可與更多人分享及緬懷那段英國統治後的細碎歷史。

收藏英式軍章之始

走進「Badges Story」中環嘉咸街的旗艦店「The Museum Victoria City」，必然看到門前的英式盔甲，也正正説明 Bryan 對英式軍事物品的喜好。Bryan 成長於中英主權交替的前後，那時坊間湧現著不少英治時期物品，讓他首次接觸到英式軍章。隨即迷上那種美學系統及格調，開始踏上收藏之路。

開始時，收藏品還不是什麼稀奇珍玩，只是玩樂心態，也曾為此參加香港航空青年團，務求可名正言順將軍章掛上身。投身社會後，興趣絲毫未減，還在 2011 年創立「Badges Story」品牌，自己親自設計徽章，用作送給同好。但心態仍是以玩樂為主，正如 Bryan 所説，一個售價 $80，每次僅製造 50 枚的徽章，能賺多少？

英國軍官級盔甲，入手極不容易，十分罕見

直至 Bryan 開始以英式軍章概念設計及販售 T- 恤，因銷情可觀，才讓他於 2015 年，正式在銅鑼灣白沙道開設實體店「House of Men」，展覽自己收藏的軍章之餘，亦專營香港本土歷史物品。

軍章背後的故事

別以為收藏軍章，僅只是儲起一杖徽章而已，Bryan 表示每枚軍章也有它的故事、設計意思、相應歷史。舉例二戰時期的香港軍章，便可透露香港與英國的軍事關係，還能了解當時的香港本土防衛工作，

這些軍章都是 Bryan 珍藏

包括所涉及的部隊、駐紮地點、曾發生過的本土防衛戰等等;二戰後的軍章,則可解讀出當時駐港英軍工作的轉變,由原來側重防衛工作改為負責守護邊境。

此外,Bryan更分享指,英國軍隊的徽章與駐港部隊的徽章並不相同。直接由英國派駐香港的兵團,一般沿用英國當地軍隊徽章,但專門以駐紮香港為任務的部隊,則會額外設計專屬徽章,最多人熟悉便是自上世紀60年代起駐紮邊境的「啹喀兵(Gurkha)」,配戴的便是本土徽章。而回歸前的香港華籍英兵的徽章普遍畫上單龍圖案,統稱為「義勇軍」的皇家香港軍團,徽章則是雙龍圖案,而飛龍圖案便屬於香港輔助空軍。所以Bryan笑指,英式軍章的吸引力無疑是其美學型格及莊嚴感覺,但收藏軍章的樂趣還包括了解當中的香港歷史故事,要能讀懂箇中故事,少不免便要博覽群書,所以The Museum也有不少軍事歷史書籍。

讓收藏品走得更遠

迷上軍章背後的故事後,Bryan也更多注意英治時期的香港,收

由喜好到生意,但不變是Byran鍾情香港歷史始終如一

21

樓梯旁邊掛滿Bryan 收藏的軍章相片，供同好們欣賞

藏亦漸漸推延至但凡 1841 年開埠後，無論是二戰前的幾十年、二戰後的 50 至 60 年代、香港起飛的 70 年代以至是黃金歲月的 80、90 年代、只要與本土歷史相關物品，都變成他的收藏之列。在中環的「The Museum Victoria City」地牢，便有一面牆貼滿 60-70 年代一些香港政府的宣傳小冊子，呈現當時的香港生活日常。

值得一提是，雖說是香港本土歷史物品，但 Bryan 的搜尋足跡卻是遍及全球。原來昔日駐港英軍乃至在港工作的公務員，在回歸前後，都會帶上不少值得紀念又或稀奇物品返回老家。Bryan 便曾在英國購得一張 80 年代香港軍營開放日的宣傳海報。

女皇頭是瑰寶

提到英式本土物品，自不然聯想到英女皇伊利沙白二世，事實上在 The Museum 內便存放不少英女皇畫像，甚至有幾幅有著其親筆簽名。因而，昔日有著「英女皇頭」的香港郵票、鈔票、銀幣、金幣，也會是「Badges Story」的館藏，但原來它們只是 Bryan 在搜羅英式軍章時的順手而為，本來也不是十分重視。意料不到的是，這些故事更為吸引顧客，甚至成為品牌近七成生

意來源。Bryan 分析指，部分可能是近年多了人對「英女皇頭」這類富含香港歷史氣息的本土物品，產生濃厚興趣，希望買來做紀念又或緬懷一下；另外也不懷疑部分人是建基於銀幣或鈔票的可觀升值潛力，搜購它們來作投資工具。

故事引發共鳴

　　對於販售收藏品，Bryan 顯然並不在意，他坦言開設幾間店舖，或多或少是希望借助實體店分享收藏品及歷史故事，以至能夠連繫起不同的人，從而衍生彼此對香港的共鳴感。也因此，即使是店舖的選址也有著一定含意。落戶嘉咸街的「The Museum Victoria City」正正是香港開埠以後首個華人市集的舉辦場所，「House of Men」所在的白沙道，只因昔日這個區域填海前，是維多利亞城的邊緣，別具歷史氣息。選址這些地點，多少也可感受本土昔日歷史氛圍。

　　Bryan 也不時會舉辦小型展覽，公開他收藏的軍章，供大眾欣賞，同時也可分享更多軍章的故事。事實上，「The Museum Victoria City」的創立目標，便是作為一間 Museum（博物館）做展覽。所以店內設計不像商店，更像是展廳，

整面牆貼滿60-70年代的政府小冊子，極有地方民生色彩

還收藏不少舊時香港的珍貴物品，例如一批開埠初期記錄民生情況的板畫，其中一張香港昔日漁村面貌，便曾經被渣打銀行用作 20 元紙幣的背圖。Bryan 也欣然表示，生意還是其次，他更樂於與人分享他熟悉的香港歷史故事。

　　有趣是，Bryan 間中還會與「香港海防博物館」有非官式合作，借出自己的軍章收藏供他們展覽使用。2019 年頭，該館展出的「天馬艦」模型，更是在模型師要求下，先在

渣打銀行曾推出的 $20 紙幣背後圖案，原來取材自一幅歷史板畫

Badges Story 預展，讓公眾可以更近距離觀賞之餘，解說也更加靈活和有彈性。

貫徹舊時美學

　　以標榜售賣英式情懷的小店，

香港開埠初期的板畫，可見當時的
清朝服飾及街道情況

佐治六世時代的軍鼓，鼓身上的
King's Crown 徽章由人手刻製，
屬上世紀的工藝傑作

或多或少予人「戀殖」的感覺。
Bryan 指的確是有人對他如此批評，
不少媒體訪談，也必然問及這個問
題，而每次他都會嚴正反對，也認
為說法過於籠統。Bryan 解釋指，
「戀殖」一般包括兩種說法：迷戀

殖民時期統治，又或崇拜殖民主義
的擴張及侵略。他本人對兩個說法
均不表讚同。加上，其成長的時代
已接近主權交接，根本上沒充足時
間讓他迷戀英國統治。

　　不過，話說回來，若然基於美
學上的分析，Bryan 的確認為特區
的「品味」在回歸後有所改變，好
些事物都沒從前「靚」，這或許是
政治氣氛轉變又或其他原因使然，
但都不會是「Badges Story」所造
成，品牌始終不變地以美學角度，
分享昔日本土英式收藏而已。

　　英國的舊時代，在香港人眼中
別具意義，也是刻記在骨子裡的一
段歷史。Bryan 創立 Badges Story
將自己的興趣，店舖如同博物館一
樣展覽方式的「生意」，也承繼了
昔日香港人的欣賞與美感。舊時代，
新的人，仍然有著初心，在這城市
中前行。

Badges Story
地址：香港銅鑼灣白沙道15號（House of Men）/
中環卑利街14號（The Museum Victoria City）
FB: BadgesStory / MUSEUMVC
IG: houseofmen.hk

讓時間成為你的生意朋友

我經常覺得做生意，你要盡量做到讓「時間成為你的朋友」。如果你買入的貨品，隨著時間會保值或升值，你自然不需要太心急，長遠來說，時間會讓貨品升值。如果你入的貨品是不斷折舊，明天、下個月、下年就變成「廢貨」的話，時間就是你的敵人，你每天做生意都會很心急。

很高興見到 Bryan 對港英時代的收藏品懷著一腔熱誠，他正正就是在經營一門「時間是朋友」的生意。英式的美感、殖民地的歲月、極致的品質：成就了 Badges Story 的故事。Bryan 做收藏品生意，當中的五大優點包括：

1 起步時投資門檻較低。相比起開設一間餐廳或其他實體零售店，收藏品所需的入門資金通常較少。Bryan 可以先從小規模開始，關注特定自己有興趣的收藏品類別，待累積一定經驗和資金後再擴大經營。這樣的彈性讓更多有興趣的人有機會參與其中。

2 只要 Bryan 眼光夠準，盈利潛力可以很大。港英時代的收藏品幾乎沒有新供應，歷史卻是永恆的。稀有及高品質的收藏品通常會隨時間升值。如果能夠找到獨有的貨源，能在適當時機買入，幾年或十數年後在市場放售，甚至懂得包裝，累積一群熟客，說好收藏品的故事，是有極大的優勢賺取較大的利潤。

3 Bryan 作為經營者的自主性較高。作為收藏品擁有人，Bryan 可以自行決定要購買或出售哪些收藏品，較少受外部因素影響。相比之下，一般的零售業往往受制於市場變化、潮流、換季、政策調整等外部因素。

4 Bryan 絕對是視工作於娛樂。他不斷重複很多次：「即使賣不出去的貨品，自己當收藏品都可以。每天欣賞那個貨品，自己都會高興。」因為他真的喜歡該貨品，有時甚至不捨得賣出去，因為自己太喜歡了。樂在其中才能做得長久。

5 有利 Bryan 培養自己個人興趣和專長。作為收藏品商人，他需要持續學習相關領域的知識，如藝術史、古董鑑定、勳章歷史、錢幣學等。這不僅能增進他的專業能力，也能培養他對該領域的熱愛。久而久之，這樣的學習過程會逐漸強化他的專業優勢。

　　雖然收藏品生意對 Bryan 來說擁有不少優勢，但也存在不少挑戰：

1 需要大量的專業知識積累。Bryan 需要深入了解不同類型收藏品的歷史背景、藝術價值、市場行情等。只有具備這些專業素養，才能做出正確的購買和銷售決策。這需要投入大量的時間和精力進行學習。沒有興趣是難以持續長久經營。

2 資金流轉較慢及管理風險較高。收藏品生意最大問題就是「坐貨」。和投資物業不同，「坐貨」期間沒有租金收入，但租金、人工、「燈油火蠟」，全部都是支出。只有賣出貨品才能產生現金流。貨品庫存的保安管理也很關鍵。一旦遇上火災或盜竊，可能造成巨額損失。因此收藏品商人需要精心規劃資金運用，謹慎做好風險管理。

　　隨著時間累積經驗及客源，相信 Bryan 更能長遠地強化以上的五大優勢，及更易妥當處理當中的挑戰，成為行內更前瞻性的領導者。

小巴水牌成就
香港文化符號
巧佳小巴用品

紅色小巴「紅Van」，是香港獨特的交通工具。紅色的車帶在車頂（從前在車廂中央），車窗放著一個大大的目的地小巴牌（水牌），快速便捷地將市民送往目的地。

曾經，紅 Van 非常風光，特別是在凌晨，紅 Van 是普羅大眾深夜歸家不可或缺的工具。一個經營牌照牌價曾高達 700 萬，可惜此情不在，2024 年，牌價暴跌九成至 70 萬，意味紅 Van 需求大減，正在步入夕陽。

入行 40 多年的手寫水牌師傅麥錦生，見證著小巴行業的起跌。小巴為麥師傅帶來了生意，給予他一生的滿足。使他在這個小巴夕陽年代，擔起了傳播小巴文化的責任，掀起小巴牌匙扣及精品熱潮，讓小巴這香港的民生標誌，傳播到世界各地。

以前的小巴花牌會用上花碼字
（左一、二）

小巴是民間智慧

香港小巴的存在，源自民間的智慧。在六十年代，香港的交通工具主要是巴士，巴士站常常大把長龍，而的士則是非常奢侈的交通工具，一般市民很少會使用到。因此，一些私家小型巴士（俗稱白牌車）應運而生，成為最早期的共乘交通工具，卻因非法載客而經常被政府檢控。

1967 年，香港發生了「六七暴動」，市面常有阻塞，電車與巴士經常停駛，白牌車在這時候充當了非常重要的角色，讓不少市民能夠安然回家。因此當時政府決定同意小型巴士成為正式的交通工具，批出「小巴經營牌照」，並要求小巴於車身塗上紅色車帶以茲識別。及後政府希望管制小巴路線，發展出綠色的「專線小巴」，自此便有紅 Van、綠 Van 之分。

紅 Van 因民間智慧白牌車而生，成為了香港特別的一角。它像的士，沒有固定路線，但可以自由訂價。但它也不像的士，目的地不是客人說了算。去哪裡、途經哪裡、收費多少，全由小巴車主決定。雖說如此，紅 Van 自然會管理出營運路線，亦會與客人有種默契，看到小巴車窗上的水牌，自然知道車輛途經哪裡，是否自己要去的目的地。小巴水牌，是小巴文化重要的一環，亦是麥錦生師傅人生重要的一筆。

手寫小巴水牌

麥錦生師傅是現存香港唯一一位手寫小巴水牌師傅,並將小巴文化,以特別的水牌精品形式推動至全世界的推手。如果你在台灣、英國等地,偶爾見到有香港小巴水牌在店內,很可能是出自麥師傅的手筆,或是他巧佳小巴精品的作品。

麥師傅做過鞋店雜工,發現自己不喜歡賣鞋。知道自己喜歡寫字,便決定拜師學藝學寫字。隨後開設「巧佳廣告公司」,專為店面招牌寫字。那是個還沒有電腦的年代,招牌都是一筆一筆手寫出來。1982年他便搬到了油麻地炮台街的店舖,剛巧門口是小巴站。小巴司機看到他在寫招牌,便問他可否協助寫小巴水牌,開始與小巴的緣份。

1984年,政府批准冷氣小巴出現,市面上4,000輛小巴在幾年之間逐一更換,麥師傅捉緊了黃金歲月,也在小巴行業之間做出了名聲。甚至後來他也承造了小巴的錢兜、冷氣罩、車前的小盆等小巴用品。「你在車裡面見到的,很多也是我們做。」廣告、小巴用品,成就了「巧佳」,也共同見證小巴與香港的光輝歲月。

巧佳一角,滿是昔日小巴時光

全港第一部雕刻機

80 年代是香港的黃金歲月，也乘著小巴換車時的契機，麥師傅那幾年很不錯。人們賺了錢會想買車買樓、「魚翅撈飯」。麥師傅照顧好家裡，卻選擇為業界走出新一步。引入全港第一部的雕刻機。「當時雕刻機要 60 萬，是兩層樓的價錢。我跟太太說，你就當我駕寶馬吧！」寶馬名車可以讓人威風一時，一部雕刻機卻帶領整個小巴水牌進入新時代。

最早期的水牌是用紙皮寫字，遇水便容易化掉。到了麥師傅那一代，多是手寫在膠版上，手寫字現在當然珍貴，但對當時來說是產量限制：「我 15 分鐘才能寫出一個，一小時 4 個，你當我每天工作 12 小時，也只不過是 50 個。而且，我也不可能每個也寫得那麼快。」若能量產，才是生意之道。從麥師傅引入雕刻機開始，市場上多了很多用機器雕刻的小巴水牌，都是巧佳的手筆。

紅Van的興起與沒落

就這樣三四十年過去，以往凌晨是紅 Van 的天下，甚至有小說、電影以凌晨紅 Van 做主題，也有

來到油麻地的巧佳，也許你還會遇上貓店長

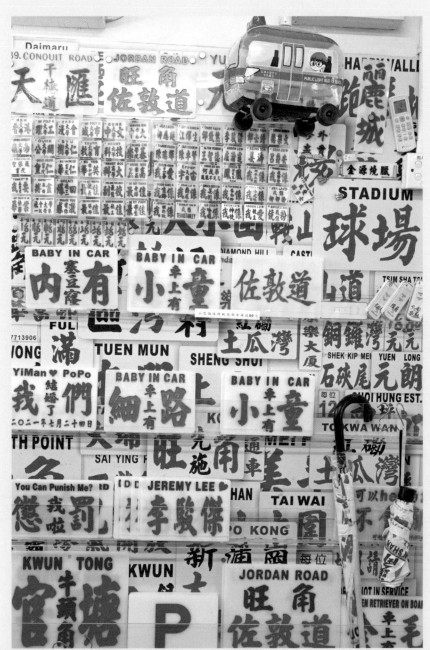

現在的小巴水牌精品已不只是地址，更多是文化潮語

歌手演唱會海報以紅 Van 做主調。小巴在香港人的心目中，實在是不可或缺的文化符號。

這樣的紅 Van 時代風光得很，牌價最高峰時達 700 萬。然而隨著鐵路路線不斷開通，陸路交通逐漸式微，紅 Van 首當其衝生意受到嚴重影響。至 2020 年疫情時代，街上人煙絕跡，更加大受打擊。即使疫後復常，香港人亦很少夜歸。紅 Van 的需求一去不復返，牌價亦反映出來。2024 年，香港紅 Van 牌價，跌至 70 萬。根據運輸處數字，全港從 2000 年的 1983 輛紅 Van，至 2023 年底只剩下 792 輛。紅 Van，如同香港很多的文化，正逐漸逐漸消失。

麥師傅早預料到這一天，也感慨自己一直也在小巴這行業打滾，看著行業夕陽衰落，也無法阻止時代的巨輪。但他可以的，是憑自己的力量，讓更多人看見小巴的文化就是香港人的文化。

小巴水牌精品化

現在，麥師傅最出名的，不止是他那手寫水牌大字，而是他店內一個個寫著潮語的水牌匙扣，也有些中型、1:1 原型大小的，小巴牌上再不止是「大丸」、「銅鑼灣」等地名，而是有趣特色的潮語、人名甚至自訂名字。從小巴專用的生意，搖身一變成為人人會買的精品。

小巴牌上，藍色字是途經地點，紅色是終點站

偶然你會在他鄉，看到些小店掛有香港的小巴水牌裝飾，或是北上時可能會看到國內文青，包包上掛上一個水牌匙扣，這都是他「轉型成功」的標記。

將小巴水牌變成匙扣，傳播出文化符號

那是他結合自己的優勢的誤打誤撞而來的文化產業。近十年香港的小巴一直每況愈下，麥師傅幸好還有其他廣告招牌的生意，亦不致太大影響。「我幸好年輕時入行，同期的師傅都退休了，只剩我一個。」由於他是最後一位手寫水牌師傅，不少有關香港文化傳統工藝的報導也找上他。他的小巴水牌手寫字，成就了城中特色，也讓年輕人慕名而來。從最初買他的 1:1 地方名水牌作記念，到找師傅寫特色字眼……，他發現在年輕人心目中，小巴已經是一種文化，也是想留下的回憶。他開始與年輕人溝通，加入更多特色的字眼。1:1 小巴牌佔位不少，要在香港收藏不容易，便推出匙扣款。亦有小型車牌，可以放在車上。

現代科技發達，他當時所買的雕刻機技術還能動，卻早就被電腦雕刻機取代。即使如此，麥師傅依然保持著對手寫字的熱愛，將手寫字製成模板，變成一個個有溫度又能量產的精品。當然，也有不少人專程到來訂製，由吳師傅親筆手寫的小巴水牌，變成特色個人訂製款。特別是近年移民潮，不少人會選擇訂製手寫車牌，伴隨自己到新地方，記起自己曾有凌晨坐紅 van 的可愛歲月。我們阻止不了時代對小巴的需求，卻能增加小巴精品文化，將小巴車牌變成文化符號帶到地球上每個角落。巧佳，除了廣告、車牌、業內產品，也變成了任何人都可以買到的精品。

推動香港小巴文化

麥師傅近年如此一直推廣小巴文化。然而真正啟發到他保育小巴

文化的，是一位澳洲白人。2017年當時麥師傅已經有不少傳媒報導。一位澳洲白人看到報導找上麥師傅，想幫忙在香港連繫車房，買回香港最後一架舊款型號的小巴。那時他知道，這位曾在 Big Bus 任職的工程師，在澳洲搭建了一個 1:1 的香港交通車站。傾家蕩產地買下真實巴士、小巴等移到澳洲，希望保存香港文化。麥師傅既感動也慚愧：為甚麼世上有比香港人更珍惜自己的香港文化呢？想到自己大半生與小巴結緣，也預視到小巴只會愈來愈少人乘搭，最終只會消失，他又能做甚麼呢？讓他有更大保育小巴文化的心。

除了小巴精品，麥師傅也會開設不同的工作坊，教授不同的機構、社區人士寫小巴牌，曾經不少著名本地、日本書法家亦專程到來為學這特色的小巴水牌字體。疫情之時，麥師傅更索性將樓下鋪面改建成「小巴博物館」，將一輛真實小巴放在店裡，運用他的廣告觸覺，佈置特色打卡位，也定期免費舉行開放日接待民眾。即使疫情下人人戴著口罩，也能離小巴更近。

隨著疫情完結，小巴博物館也完成了它的任務。不過推動小巴文化的心，還是始終如一。現在店面還有一輛像真小巴，以及真實的舊收銀機。疫後時代，不少國內外文青特意到店內購買這些特色匙扣。看著潮語，年輕人總操著普通話、英語問「這是甚麼意思？」，也是一種文化交流。麥師傅的小巴精品，不止是一門生意，更成為了推動香港文化的一股力量。

巧佳小巴用品
香港油麻地炮台街39號 M/F
電話：2771 3906
FB: HAWKLTD

善用「不平等優勢」

如果你問我：小巴牌生意難做嗎？我會說極難做。原因有很多，包括行頭萎縮、青黃不接等等，遲早會被淘汰。但我深信「只有夕陽的公司，沒有夕陽的行業。」難做，是因為你「無料到」。為甚麼麥錦生師傅能夠做到？

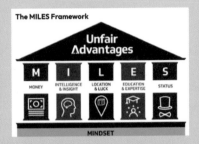

根據著名初創企業家 Ash Ali and Hasan Kubba 所說，做生意就是盡量要增加自己的「不平等優勢」（Unfair Advantage），愈不平等，競爭對手說愈難趕上你。

「不平等優勢」包括以下 MILES framework：

1 Money（錢）：正所謂「錢多，可以任性。」 如果你的父親是李嘉誠，我相信你會較易有資源收購電訊公司等大型項目。你要盡量善用身邊的所有的資源，假如你是因為「扮清高」而忽視它，那你的競爭對手反而會用它來對付你，亦更容易「打倒」你。 Money 的來源也可以來自你自己多年的積蓄或外來的天使般心腸的投資者、風險基金、銀行借貸。麥師傅，1982 年起為小巴牌寫字，也是靠幾十年來的廣告收入積蓄資金，直到 1993 年才有能力到佐敦炮台街自置物業，和有積蓄在 SARS 及肺炎期間堅持下去。「無錢無物業」，一個大浪「冚」過來，很快就「冚旗」。

2 Intelligence and Insight（智慧／觸覺）：當初喬布斯（Steve Jobs）發明蘋果電腦的時候，因為留意到 1980 年代的個人電腦每個設計都很醜。為何不能有一個更簡單、更有型、更 user friendly 的「蘋果」電腦設計呢？以上就是他們的智慧和觸覺。麥師傅都有憑着他的智慧和觸覺，才會成第一位企業家懂得把小巴牌字法用於多項廣東潮語，再推出周邊相關的產品，例如地氈、雨傘、鎖匙扣等。

3 Location and Luck（地點／運氣）：在中東國家當然要做石油生意、在美國矽谷當然要做高科技產品、在美國紐約當然做金融投資。在香港，除金融和地產以外，還有甚麼呢？紅色小巴是每個香港人成長的一部份，雖然行業逐漸式微，但卻興起一股保育熱潮。「小巴文化」的產品及工作坊自然會特別受歡迎，這也算是起點和運氣。

4 Education and Expertise（教育／技能）：麥師傅的幾十年書法功力，不是普通一個人能夠追上。如果你本身是醫生去創立醫療集團，你的專業牌照及教育學位不是其他人霎時間能夠追得上的，這也是你的「不平等優勢」。

5 Status（地位）：有地位或出名的人，做甚麼生意都比較容易，因為他們有知名度，自然容易得到四方八面的信任及宣傳效應都會比較大。例如 Elon Musk 發射任何火箭上太空，他都能夠找到風險基金投資。Why？因為他名氣夠大。麥師傅在手寫小巴牌行業的資歷已超過 40 年，受訪無數，他在小巴業界的崇高地位絕對是他的「不平等的優勢」。 外人是很難跟他競爭的。

最後，老闆當然都要個有增長的思維（Growth Mindset）才會把生意做大。創業者你也要好好問自己：你的「不平等優勢」在哪裡？如何盡量擴大自己的優勢，從而「拋離」對手？加油。

濃茶之中淺嚐人情
香港奶茶研究所

兩盎司黑白淡奶、六盎司錫蘭紅茶,再加入適量白砂糖,
沖配成一杯大家熟悉的港式奶茶。對「香港奶茶研究所」所長
陳慧茵(阿茵)而言,奶茶並不簡單,它是一種材料、是一份人
情味、更是人與人溝通之間的一個媒界。大家可以透過一杯
奶茶,分享自己的故事,在濃茶之中嚐出啖啖人情。

有個性的奶茶

　　港式奶茶,又名「絲襪奶茶」,
港人對此物的熱愛程度,誇張得日
均消耗 250 萬杯。香港奶茶的歷史
源流,可追溯至 19 世紀中葉,隨英
國的殖民者引進香港。因當時錫蘭
都是由英國統治,當地出產的紅茶
茶葉既便宜又優質,英國人亦慣性
將奶和糖及加入紅茶,使其口感更
香滑,自此成為香港的產物之一。
近 20 年,手搖茶飲店及預製樽仔
奶茶的興起,對傳統港式奶茶做成
一定的衝擊。如何保留及傳承此非
物質文化遺產,便需要有一份「執
念」。阿茵指她並不是保留及傳承
而已,她更要活化這遺產,將其推
廣至全世界,令大家能重視背後的
那份人情味。

念念不忘的奶茶

　　阿茵出身於飲食家庭,父母在
其兒時已於佐敦經營快餐店。自小
便隨家人學習如何製作港式快餐飲
食及營運餐廳。母親見阿茵已略有
所成,適逢「契爺」打算退休,便
建議阿茵接替「契爺」的波記咖啡
大牌檔。考慮到成本問題,阿茵除
了管理店舖,同時負責水吧位置,
自此與沖奶茶結緣。阿茵表示,可
能水吧師傅擔心飯碗,若將全盤
技巧授予她,生怕「教識徒弟無師

波記的經歷，帶給阿茵低潮也帶給她暖心的客人關係

父」，所以一直都不太願意真正教授阿茵沖茶技巧。阿茵只好向其他老師傅及資深茶葉買手，請教沖茶方式和選擇茶葉的技巧，並用自己的聰慧，演繹新式沖茶方法。久而久之，她的沖茶技巧大為提升，充份表現出港式奶茶的「香」、「滑」、「濃」。

自此阿茵開始累積到一群熟客，他們未必每天都點同一份餐點，但都會點上同一杯奶茶。何謂一杯好奶茶呢？阿茵指能夠令客人喝完念念不忘的，便是好奶茶。除了奶茶味道夠好外，更要透過那份人情味來留住客人。奶茶，是阿茵與客人溝通的媒界，拉近彼此之間關係。一句普通不過的「早晨，照舊」開始，便能打開話題，與客人如朋友一樣閒話家常。阿茵笑說自己最厲害的不是沖茶，而是「吹水」。

放下了 奶茶地

阿茵 2016 年接手波記，2018 年便賣出，生意只維持了兩年。身為一個老闆當然期望生意長做長有，阿茵也積極做好食物、飲品的質素，與客人打好關係，豈料員工卻狠狠背叛她，讓她傷心離場。

「我出足糧，跟足勞工法例。但他反過來批評我沒有幫他供法定強積金，明明本身是他自己不想供款，所以向我表達這個訴求，但最終他卻惡人先告狀」。提及此事，阿茵仍然憤慨。她重情重義、為人

直率，待員工如家人，真心相待，以為用感情能維繫雙方，誰料到當日如家人兄弟般相處，今天對方竟與自己對簿公堂，反目成仇。

在利益面前，無價的感情真的只能變得脆弱嗎？阿茵開始質疑自己是否太過幼稚、太理想化。她經常掛在口邊的「人情味」，如今卻像笑話，令她不知如何面對背叛自己的伙記，每天只能帶著矛盾心情工作。

加上餐廳「困身」的工作量，每天工時超過 12 小時，早上 5 時預先到店準備食材及煲茶，傍晚 6 時下班後，便到街市購入明天的食材，日復如是。一年僅有的幾天假期，也只能用來治療長期工作引致的手部傷患。種種困頓都讓阿茵感到身心俱疲，最後選擇離場，結束波記大牌檔。

重拾那份人情味

結束波記後，阿茵嘗試了不少工作，如超市售貨員主管、旅行社職員、文員等等，由於阿茵自小都

奶茶不止是非物質文化遺產，也是香港人的共同文化

是經營餐廳，缺乏亮麗的履歷表，可選的工種和職位都受到限制。不斷尋尋覓覓，還是那杯奶茶最吸引阿茵。回想不少街坊知道波記結束後，都向阿茵表示想再喝到她的手沖奶茶，那杯奶茶才是他們思念的味道。有一次阿茵遇見一位老街坊，他緊握著阿茵的手說：「每天少了一杯你的奶茶，就像少了什麼東西般。我在其他餐廳喝到的奶茶，都

的人情味。曾經當她被背叛過後，世界變得灰暗，原有堅守著的信念都土崩瓦解了。但當停下來看清楚身邊的人，才會發現支持和愛自己的人，一直在身旁。

開設奶茶研究所

握著那印著淡奶商標的茶杯，看著杯中的奶茶，阿茵再次盼望著那令她嚮往的人情味。她認為這杯奶茶不只連結著她與街坊及食客的關係，更希望可以透過奶茶認識更多新朋友，同時將奶茶文化活化並推廣至全世界，把它昇華至一樣能連結各人的有機文化產物。2019年，阿茵決定創建「香港奶茶研究所」社交媒體專頁，分享沖奶茶的短片和文章。不少網友看完短片都詢問她可以在哪裡購得茶葉。然而她想到如果要向茶葉批發商買入茶葉，最少購買量要 20 磅，一般家庭難以消化。所以阿茵便順水推舟開始售賣茶葉，與知音人分甘同味。

不像樣，你還會再沖茶嗎？」街坊的說話，令阿茵受寵若驚，同時也令她十分暖心。即使阿茵已離開，街坊們仍懷念她與那杯奶茶，味道連結著人情，變成聯繫著雙方關係

豈料不久便收到一些疑似行家的網民，質疑她沒有就茶葉收入交稅，亦評擊她的沖茶手法，後期甚至演變成銀行開始調查其帳戶的商業行為。經歷過波記的失敗經驗，

這次阿茵願意堅定面對種種困難，視風浪成為契機。2020 年她將「香港奶茶研究所」構建成一個研究基地，正式把奶茶工藝傳播予大眾。

創業初期正值疫情期間，各類工作坊湧現，為港人在憂愁中帶來一點快樂，阿茵也趁舉辦了奶茶製作班。工作坊出乎意料地受歡迎，一星期可舉辦 3 至 5 班每班 10 人。基礎班會教授沖茶技巧，亦設深造班教授奶茶的歷史和選擇茶葉技巧。阿茵沒想到有不少學生是以前波記的熟客，能在奶茶研究所裡再續奶茶緣。當然也有更多是新結識的學生，透過奶茶變成好友。「香港奶茶研究所」讓阿茵漸漸忘記被背叛的傷痛，重拾當初她相信的那份人情味。

呷杯奶茶，也呷著人與人之間的連結

讓奶茶遍地開花

2023 年疫情開始消退，食肆得以正常運作，各國亦通關開放旅遊。港人自然對工作坊的需求降低，報班人數大為減少。所以阿茵改變宣傳策略，於不同活動中推廣奶茶，希望藉此吸引在場人士參加其奶茶製作班。在一次聖誕活動中，參加者嘗試了阿茵的奶茶後，反應非常熱烈，大讚阿茵的奶茶與眾不同，紛紛建議她應該開店售賣奶茶。啟發阿茵萌生了一個想法：讓香港奶茶研究所，成為全球第一間以港式奶茶為主題的概念店，提供一站式與港式奶茶有關的服務，包括茶葉零售批發、茶飲、教學和餐飲顧問。「疫情到現在做生意，就如滑浪一般。當初因應市場需求而開班教學。現在復常後，人人都外出消費。所以應該要『落地』，讓人喝到和接觸到，能分辨出與其他奶茶的分別。」

至今年 2024 年，阿茵選址她的老地方佐敦，開設實體店售賣她自家沖製的奶茶。除了要讓香港人明白真正的優質港式奶茶外，更希望實體店能成為一個基地，向外宣傳何謂港式奶茶，將奶茶正式活化，而不是草草當作遺產看待。

香港奶茶研究所，為奶茶建立正式傳承基地

面對越來越多港人移居海外，阿茵在店內設有海外專區，提供沖茶器具套裝及拼配茶寄送服務，以解他們思鄉之愁。近年香港人的愁懷沉重，那份悲觀想法阿茵亦看在眼裡，她希望透過實體店凝聚港人，分享你我故事，傳遞正能量。「你過來喝杯茶，讓我鼓勵你吧！你可以聽聽我的故事，前方是總有出路。人是需要互相鼓勵，我相信生命是影響生命的。」阿茵盼以奶茶結緣，讓香港人同樣有出路。

疫情的到來，使人際關係變得疏離。即便疫情後，卻低潮不退，從前港人的那份人情味亦不復見。阿茵所幸在低谷時沒有放棄，緊抓著她對人情味的堅持信念，視為營商宗旨。細味她的奶茶，你會感受到陣陣溫柔與暖心，那便是連結香港、連結小店、連結人最內心中的那份人情味。

香港奶茶研究所
地址：佐敦炮台街41號地下E舖
網站：https://homebrewtea.shopage.org/
FB/IG: homebrewteahk

你要哪個 "Me" ？

見到「香港奶茶研究所」這個生意，令我想起做生意的一些詞語 "Me too"，"Me better"，或者 "Me" 甚麼？

Me too：就是人做你也做，大家競爭同一個「餅」，而大家為了贏取更多的客人，唯有「鬥便宜」。

Me better：就是你做得好過其他競爭對手，提供較優質的產品或較貼心的服務態度，令你可以提高產品或服務的價錢。當然，你的競爭對手也會不斷改善自己，而你不保持改善的話，他遲早亦會迎頭趕上。

值得留意的是，無論 Me Too 或 Me Better 都是一個「零和遊戲」。像你光顧了一間餐廳的牛扒午餐之後，你不會想再吃另一家牛扒午餐。不同餐廳便是競爭對手。為了生存會經常出現惡性競爭，鬥到「你死我活」。

不過， Me Too 或 Me Better 都不是大問題，因為 95% 以上的中小企業都是「日鬥夜鬥」，而它們創造的就業機會卻養活了很多個家庭。但如果你想要突圍而出，根據美國哈佛大學教授 David Collis 所說，你要盡量做到 "NOT Me"，"NOT Me Better"，和 "NOT Me Best"。因為這個世界沒有最好的，只有更好的，要做就做到 "Me ONLY"。但要如何做到呢？

三個 C 令你做到 "Me ONLY"

David Collis 説做生意有三個 C。

1 Customers' needs （顧客的需求）
2 Competitors' offerings
（競爭對手的服務）
3 Company's capabilities
（自己公司的能力範圍內）

COMPETITORS'
offerings

CUSTOMERS'
needs

SWEET
SPOT

COMPANY'S
capabilities

做生意必須要能夠做到有（1），無（2），有（3）。（見圖）代表顧客有需求，競爭對手沒有做、而自己又有能力做到的地方，將注意力放在這競爭甜點（Competitive Sweet Spot），就做到 Me ONLY。

以「香港奶茶研究所」做例子，港式奶茶製作技藝於 2017 年成為首批列入「香港非物質文化遺產代表作名錄」的項目。可惜大部分客人想喝一杯正宗的港式奶茶也不易。餐廳人手短缺，水吧需要沖奶茶、弄三文治等，有時甚至要顧及廚房。很難專注做好一杯港式靚奶茶給食客，更別說去給客人解釋奶茶背後的故事。而且不少好手勢的師傅會一般也不願意教授下一代或老闆，怕「教識徒弟無師傅」。

「香港奶茶研究所」創辦人阿茵就是看透了這一點，知道市場有「希望喝到一杯正宗的港式靚奶茶，又想了解如何沖製奶茶及背後的故事」的市場。更看通市場沒有行家專注做奶茶，便把握這個商機就開了「香港奶茶研究所」，專攻一個範疇：開班教人做奶茶，及調製出一包包家庭裝的奶茶。生意透過社交媒體，配合實體商店賣遍全港。阿茵的奶茶訓練班教經常「爆滿」，新鮮奶茶也火速售罄，以低成本就能獲取大量「粉絲擁躉」上堂及購買產品，因為阿茵就是做到了 Competitive Sweet Spot（競爭甜點）：市場有需求，競爭對手沒有做，但他又懂得做及專注做到最好！做到 "ME ONLY "。

你呢？你的競爭甜點在哪裡？切忌人做你也做，否則往往會造成價格競爭，最終只會導致兩敗俱傷。如果你能夠做到 "ME ONLY"，客人難直接比較，對價錢的敏感程度也較低，這樣生意才會有更大的利潤空間。

共融浪漫花藝時刻
就是偏偏喜歡你

陳百強金曲《偏偏喜歡你》歌詞第一句「愁緒揮不去苦悶散不去，為何我心一片空虛」，也正好是林千雅（Cina）曾經的寫照及心聲。

抑鬱症帶來的痛苦經驗，讓Cina更想幫助其他有著相似經歷的康復者

作為從中度抑鬱症走出來的康復者，Cina 也曾深受情緒所害，亦深深體會到即使康復後，重新投入社會的難處。但與此同時，她也領略到別人無私的愛與幫助，這種心情讓她希望也能在自己有能力時，為相似經歷的弱勢社群伸出援手，這也是她創辦共融餐廳「就是偏偏喜歡你 Say, I Love You」的原由。

從抑鬱症走出來

也許沒太多人明白抑鬱症患者的痛苦，Cina 坦言即使不是病發狀態，也會經常產生負面情緒，獨個兒胡思亂想，甚至會躲起來避見朋友親人。嚴重時，即使與人有約，身體在臨近赴約時也會出現不適，

彷彿是讓自己有藉口可以爽約。甚至她還曾萌生自殺輕生的念頭，幸而悲劇並沒有發生。當時 Cina 驚醒，覺得必需尋求精神科醫生協助，於是毅然辭去了大集團的高管職位，也暫時放低自己從事多年的花藝師工作，專心接受治療。

歷經兩年多的跟進治療，Cina 進入康復期，可以重新投入工作。Cina 獲某財團約面試時信心滿滿，篤定能獲聘書。卻在最終正式面試時，抱著事無不可對人言的心態，誠實說出自己曾患抑鬱症，最後新工作就這樣告吹。Cina 開始懷疑是否自己有問題，也頓然意識到大眾對抑鬱症仍然存在太多誤解，社會上仍會有不

49

少康復者都面對著同樣的難題，未能重新適應社會。面試失敗的經驗成為了契機，在 Cina 腦海中，醞釀著一個幫助精神復康者以至是傷健人士的念頭。

士。Lena 笑言，兩人的參與程度，連店內裝修也由她們自己完成，因為 Cina 父親有裝修經驗，她自小便耳濡目染，才能順利完成諸如「批盪」、「油牆」、「舖地板」等工序。

儘快開張幫助員工

念頭萌生，卻苦無實踐方法，還需面對零收入困境，此時 Cina 的好友羅兆汶（Lena）邀約飯局。言談間，Lena 得悉 Cina 的想法，於是提議善用 Cina 的花藝師身份，加上自己的廚藝，合作創辦一間以聘用傷健人士為主的「共融餐廳」，協助這些弱勢人士解決就業問題，也給予他們一個展示自己才能以及被尊重、被重視的舞台。於是「就是偏偏喜歡你 Say, I Love You」便誕生。不得不提是，兩人 2021 年 7 月尾才商討，餐廳在 11 月已正式開張。從決定開店、選址籌備至聘用員工，兩人只花了前後 3 個月時間。也許旁人覺得有點倉卒，可是兩位準老闆都希望可儘快開門做生意，將共融的理念傳揚出去，幫助更多有需要人

宣揚「愛」的店名

說到店名，由於 Cina 是抱著為「自己從前受過他人幫助，現在有能力了，也希望幫助他人」的想法而開店，希望取一個能夠宣揚「愛」

Lena 的鼓勵促成「就是偏偏喜歡你」的誕生

Cina 推介的熊仔凍飲，但可要趁快喝，不然熊仔就會溶掉了

餐廳有心，食物水準亦用心

的店名。由於兩位老闆都很喜歡陳百強的《偏偏喜歡你》這首歌，想到歌名也能表達她們的想法，便加上「就是」二字加強語氣，以「就是偏偏喜歡你」為中文店名。至於英文店名，則更直觀地因為姜濤的《蒙著嘴說愛你》大熱，歌詞中一句「So I say I love you」十分符合餐廳理念，稍稍一改以「Say, I Love You」，向客人表達出「愛就要說出來」的想法，也像是客人說出「我愛你」般，呼應中文店名字。

不是社企更勝社企

與一般共融餐廳不同，「就是偏偏喜歡你」店內沒有任何資料、介紹或餐牌。提到餐廳專門聘用傷健人士，很多客人甚至由始至終都不知道接待自己的侍應，有機會是聽障、長期病患或精神康復人士。Cina 也刻意沒有申請任何社企基金，一來是餐廳能夠做到自負盈虧，二來她也認為不需要什麼名銜來突顯餐廳的共融理念，客人也能專心享受餐廳的美食，遊走店內隨處打

卡影相。光顧多了，也逐漸清楚餐廳的用心，不需要社福資助來加強宣傳。

有麝自然香，不少社福機構得知「就是偏偏喜歡你」開張後，專程到來了解。他們往往在看見兩位女老闆如何用心指導員工工作，都會給予高度肯定，積極介紹傷健人士前來工作。Cina也秉持初心，在衡量餐廳經濟能力的情況下來者不拒。不過，隨著愈來愈多個案轉介，Cina希望能接納更多員工，亦著手申請餐廳為社企，讓更多有需要人士有工作機會。

餐廳內的花藝都是Cina一手一腳負責，更會定期更換主題

金魚腦的正向轉變

作為近八成傷健員工的共融餐廳，「就是偏偏喜歡你」藉著聘用傷健人士傳揚「愛」的訊息。一位化名叫「開心果」的侍應，最能體現餐廳對員工的「愛」。開心果曾因腦部受創，導致記憶力僅有幾分鐘，成為真實的「金魚腦」，接近失去工作能力。開心果亦曾受聘於幾所庇護工場，只是他的記憶力，讓他無法勝任工作而遭勸退，結果整整10年他只能賦閒在家。Cina初見這位同事，也只能抱著觀望態度試用，果不其然出現不少錯漏，經常弄錯客人的點單。然而Cina眼見開心果對工作甚為積極，覺得這個機會對他來說極為難得，便堅持不辭退他。反而與同事一起製作大型記事牌標

註檯號及餐廳不同位置，方便他認清楚傳菜路徑，還手把手教他處理餐廳日常工作，藉此增強他的記性。過了幾個月，開心果的變化是有目共睹，雖然記憶力仍沒好轉，卻能好好完成工作，人也變得樂觀開朗。有次母親來探班時，對 Cina 她們表示，感動能夠再次看到兒子臉露笑顏投入工作。

維護員工尊嚴

餐廳的設計氛圍與裝修，總能吸引不少有意打卡的客人。然而不是每位都清楚甚麼是「共融餐廳」，亦有鬧著不愉快事件的時候：曾有一位顧客 A 將手提袋放在餐廳當眼地方後，便自顧自去另一位置打卡影相。某位聽障員工看到手提袋，便以手語詢問其他同事知不知道手袋的主人是誰，怕客人弄丟了。顧客 A 因為不明白手語意思，誤以為餐廳員工以手勢羞辱他，生氣地向 Cina 投訴，也不接受任何道歉便離去。

聽障員工知道自己被投訴，習慣性地以為自己做錯了，怕被責罰很是憂心。這次經驗讓 Cina 多了一種體會，類似被誤會的情況，其實對傷健人士很平常，在給予工作機會的同時，更要提醒自己需要顧及他們的心理，維護他們的尊嚴。

疫情下更需互助

「就是偏偏喜歡你」在 2021 年 11 月初開張，正是新冠疫情肆虐時期。兩位老闆直言，當時只想儘快開設餐廳，根本沒有想太多市場環境狀況。開張初期，生意當然不理想。儘管餐廳已經做足防疫衛生措施，亦專門添置送風機保持室內空氣流通，營業狀況也只能用苦苦支撐來形容。

即使餐廳面對經濟困難，Cina 認為自己經營的是共融餐廳，是為傷健人士提供的工作場所，從不考慮辭退員工。用愛付出，自然收到愛的回饋。員工們跟她們共渡時艱，努力工作，讓餐廳在疫情下也可以穩步經營。

更讓 Cina 感恩的是，疫情最嚴峻時，同幢大廈的餐廳租戶選擇暫時停業，而看到「就是偏偏喜歡你」仍照常營業，於是主動將快要到期的食材免費贈送，覺得食材有店家接收總比丟垃圾桶好。也許只是一個「環保決定」，Cina 卻從此感受到互助互愛的人情味。

重點打卡位：甚有公主 Feel 的鳥籠

歡迎任意「打卡」

「就是偏偏喜歡你」主打是一間共融餐廳，但不得不說，最吸睛的還是室內隨處可見的花藝裝飾。在現今這個喜歡「打卡」拍照的社交網絡時代，有打卡點絕對是一大賣點。

客人留下來的兔仔，現時是店舖吉祥物

這些漂亮打卡點的幕後功臣當然是在外國修讀花藝，頂著花藝師頭銜的 Cina。她深明不少客人特別是女孩子，光顧餐廳最大原因都為了「打卡」，因而在籌備餐廳時，設立不同的「打卡位」。加上她的花藝知識，讓餐廳佈滿不同絲花，營造出有如「秘密花園」的感覺。其中還特別劃出兩個位置，設計成鳥籠，讓顧客身處其中有英式貴族的氛圍。

此外，為讓客人保持新鮮感，店內的花飾基本上是兩三個月便會完全更換主題，吸引更多的「回頭客」。餐廳歡迎客人在店內隨處走動「打卡」，只要不騷擾其他客人便沒有過多限制，甚至可找員工協助拍攝，也因此，Cina 特意訓練員工懂得使用手機拍照，好能為客人們服務。

共融餐廳得以受到顧客歡迎，除了是感動人心的理念，亦需要品質的維繫。「就是偏偏喜歡你」的愛，如同餐廳內的打卡位，讓人留下深刻印象，也持續讓愛傳開去。

就是偏偏喜歡你 Say, I Love You
地址：銅鑼灣耀華街3號百樂中心16樓
1602 - 1603 室
電話：6226 8800
FB/IG：sayiloveyouhk

共同價值的最高境界

根據美國哈佛大學教授 Michael Porter 所說，做生意可以創造兩種價值：

1 創造社會價值（Social Impact）：做一些對社會有正面價值的事，提升客人對你的觀感。例如：組織義工隊去沙灘執拾垃圾。

2 創造經濟利益（Economic Impact - Business Opportunities）：當你做了某些事情後，成本下降或價格提升，令生意更佳，增加公司營業額。例如，你買了一個自動化的機器，就可以少聘請一半數量的員工以節省成本，產品和服務的收費也相應地提升更多。

前者和後者個別做到不難，難的是如何將第 *3* 種價值：「善用自己公司的資源及技能（Company Assets and Expertise）」，同時做到以上 *1* 創造社會價值及 *2* 創造經濟利益，這就是創造共同價值（Creating Shared Value）！

換句話說，「創造共同價值」就是能夠做到對社會創造價值（幫助傷健人士），同時為自己創造經濟價值，即賺更多的錢。

6+1P 令你創造共同價值

「就是偏偏喜歡你」的創辦人 Cina 及 Lena，好明顯是能夠達到 Michael Porter 所說的「創造共同價值」，才能捱過疫情。她們如何做到？我從 6+1P 層面跟你分析。包括：

1 Positioning（定位）：香港有超過 30,000 間食店，在芸芸食店中如何突圍而出？「就是偏偏喜歡你」的定位很清晰：全港首間「共融餐廳」加入「打卡花藝」元素，協助傷健人士就業之餘，又能夠給顧客一個享用美食的打卡點。

2 Product（產品）：如果只是跟一般的西
餐廳一樣「鬥味」、「鬥價」，就太沒
意思了。「就是偏偏喜歡你」注重主菜
配合花藝（包括餐具及背景），結合顧
客想幫助弱勢社群的愛心。使西餐 x 好
味 x 花藝 x 愛心這才是它真正的產品。

3 Price（價格）：做生意不能只「鬥便宜」。再怎麼鬥也實在鬥不過附近的「兩
餸飯」。「就是偏偏喜歡你」主打 special event（特別日子），包括生日、
結婚週年、喜慶節日、甚至連求婚都發生過幾次。加上協助傷健人士就業
的社會責任元素，顧客一般對價錢的敏感度（price sensitivity）都會較低，
就算價錢比一般餐廳貴一點亦樂意接受。

4 Place（地點）：選擇樓上店舖，租金較地舖一般低四分之三，銅鑼灣商
業區消費力也較強，保證同事們能夠「慢工出細貨」。

5 Promotion（宣傳推廣）：樓上店舖沒有地舖的人流優勢，就必須要
更注重社交媒體的宣傳。餐廳設有多個「打卡」位，甚至菜式亦可「打
卡」的機會，成就最有效及最低成本的人傳人宣傳策略（peer to peer
marketing）。

6 Physical Substance（實體物質）：這一點就不需要太多的解釋，整個
店舖都被花所包圍著。

Plus *7* 最重要是 People（人事管理）：「就是偏偏喜歡你」整個經營理
念就是建基於以獨特的商業模式——協助傷健人士就業。可是傷健人士的工
作表現是否每一個人都達到標準？如何平衡公司的利潤？健全及傷健人士
的員工比例要如何分配？在我跟 Cina 和 Lena 的交流之中，深刻地感受到
她們和員工之間那些「眼泛淚光」的經歷，以及她們希望和員工「白頭到老」
的理念，就知道她們在這「人事管理」已取得多方的平衡，加油。

半世紀
開鎖配匙專家
樹記鎖類工程

要打開一度門，需要相應的鎖匙。匙用對了，鎖便開。
卻有一種人，無論是哪種鎖，他只要一點小工具：兩支鐵線或
一張信用卡，輕輕幾秒便完事。

「開鎖佬」在城市中，是獨特的存在。他們擁有能力打開任何鎖，卻不會隨便打開。樹記門鎖，老店舖、強手藝、服務老街坊，宛如幾十年來默默耕耘的香港人。有能力，亦低調做人，用心服務身邊人，見證城中變遷大小事。

扎根太子區

「樹記鎖類工程」由鄧其泰老師傅於上世紀七十年代初開辦，至今已逾半世紀。鄧老師傅從事開鎖，原因與很多上一輩的港人一樣：「想搵啖飯食」。剛開始學師時，沒有薪金，他的師傅只會包食宿，一直捱至學有所成，鄧老師傅便選擇獨力開店。

六、七十年代，香港多的是唐樓，建築設計上，在正門的樓梯位都會有一個閒置空間，不少人會充份運用狹小空間創辦小生意，例如：縫補衣服、做印章、補鞋等等。開鎖配匙也是熱門之一，鄧師傅就是這樣選擇落戶太子區某唐樓。選擇太子區的原因，也只不過是貪圖交通方便，覺得當時人口尚算密集，不愁沒有生意。老一輩人的創業思維，只求溫飽，沒有太多計算。後來小店也搬了幾次，上年才遷入太子道西近維景酒店的現址，儘管幾十年來搬遷幾次，樹記還是離不開太子區，為的就是捨不得老街坊，想在區內服務。

幾十年過去，鄧老師傅也開始退休，將生意交予兒子鄧建忠師傅接手，自己閒時才來幫忙。老師傅的獨特手藝，在這歷史之中，仍然有人承繼。

新式舊式配匙機器，後面便是不同形狀的匙胚

開心服務街坊

　　樹記紮根太子區近半世紀，區內的街坊都認得鄧師傅兩父子。往往在遇上任何門鎖問題，忘了帶鎖匙，或是門鎖壞了，第一時間都只記起找到兩位鄧師傅協助，開門鎖

時，也解開街坊焦急的心鎖。傳統的小店，都不是甚麼大生意，是老一輩所說的「舖頭仔」。曾經，太子出現不少連鎖式鎖店，配鎖、開鎖，說得服務有多好，結果不敵樹記，一段時間便不見蹤影。無他，要將

自己的鎖交予他人開鎖，就像將自己的心交出去一樣，需要的是一份信任，交流的是一份情。需要開鎖的人，也許都有這份經歷：焦急不安，無家可歸，只求有個人讓自己可以進屋求安心。這個人技術要好，能力要強，更重要卻是可信任、知道自家住址，懂得開門鎖也不會對自己做任何事。除了技術，更重視的是一份誠信。鄧師傅父子就像親人，對著他們只會安心交托。而樹記父子同樣對得起這份信任，不太在意報酬，沒有坐地起價，最重要是讓街坊們，都「有家可歸」。

古舊的匙胚，記載城中不同門鎖的歷史

多，多是忘了帶鎖匙、反鎖家裡要開鎖等。鄧師傅就像門神，默默見證城中小事，保佑城內市民安心打開門，回到家。

開鎖事 遺憾事

多年來向鄧師傅求助的開鎖個案真的多不勝數，幸好緊急情況不

開鎖是門業專知識，店內有著如字典一樣的匙胚手冊

大多數的人打開了門會高興，卻還是間中有遺憾。太子區是舊區，獨居老人多，有時鄰居看著老人家幾天不見，或是奇怪單位傳出異味，要找消防，也找上他們來開鎖。門開了，人在屋內卻沒有呼吸……，意外也好，甚麼原因也罷，開了鎖也只有一陣惆悵瀰漫於近乎窒息的空氣中。久而久之，如醫護人員，見多了，只能眉頭輕蹙完成工作，與小城街坊繼續過日子去。

要說最難忘，還是那次有位客人的母親失聯多日，決定找上他們

61

科技日新月異，要開電子鎖也不易

開鎖。伴隨著焦急的客人，鄧師傅用兩三分鐘將大門打開。客人衝進家裡，看見室內空無一人，卻只見廁所門外有著一灘血跡。眾人心頭一緊，不敢多嘆一口氣，像是預知了甚麼事。當打開廁所門，他們看到老婆婆倒在血泊中，雖然立即送院卻最後仍然返魂乏術⋯⋯，初步證實老婆婆是跌倒出血過多，失救致死。鄧師傅難免陷入愁懷，覺得如果事件能早些覺察，也許悲劇不致發生。當時正值疫情，想到多少獨居老人家，只能圍困家

裡，親子女再有孝心也不容易見上一面，也難以照顧長者，只能留下遺憾。

開鎖亦有專業程序

說到開鎖專業，很多人以為隨便找開鎖師傅，便可以開鎖。豈不是有壞人起歪念，找個開鎖匠裝作自己忘了帶鎖匙，名正言順地「爆門」？原來樹記要為客人開鎖，亦需要完成手續，保障戶主利益。首先客人必須先證明自己是戶主，例

如找大廈保安確認等。同時開鎖前客人亦要登記身份證明文件，確認是由戶主委託，保障自身利益。

開鎖時還需要填妥由香港警務處發出的相關表格後，才可以進行開鎖，不然門打開了後有任何的不法行為，開鎖匠亦難以脫身，一樣有刑事責任。當然，最好的把關，是鄧師傅雙眼。開鎖多年，確實會遇上不法分子，卻逃不過師傅法眼，巧妙擊退。鄧師傅笑道，有時穿著光鮮整齊，反而要多加留意，因為大門反鎖要求救的，其實多是睡衣裝扮與街坊裝的，畢竟在人最鬆懈時，才會將大門反鎖。

幾秒開鎖技巧

諜戰電影常描述主角，只使用一張卡片，便能輕鬆把門打開。近年甚至有電影專程解構「開鎖」這個行徑，令人疑惑是否如此簡單。原來電影情節一點不花假，鄧師傅指出，如果一些門鎖不算嚴密，的確只需一張硬身卡片便能撬開。而緊密一點的，他則需要加多條鐵線，同樣幾秒鐘便聽得「咔」的一聲，大門「自動」打開。專業是經年累月練出來的。

城市老化，開鎖行業同樣面臨老化，有時不禁會問，這個「老行業」會否有一天也如老人家一樣，消失於夕陽之中？兩位鄧師傅也不諱言，新式電子鎖愈來愈智能先進，致使整個開鎖行業需求下降。事實上新式的智能電子鎖他們難以偵破，因為這些是電子鎖，不單純只有物理，需要配合更多電子儀器科技，才能破解。有時會遇上客人遺失門匙卡、人面或指紋辨識損壞，密碼又忘了。開鎖的他們便只能破壞電子鎖，不能用傳統的技術開鎖。

而這種「破門」，往往需要花以小時計的活，慢慢解開。不然硬破爆門，會損壞門身，戶主便要承擔高額維修費用。所以他們的開鎖能力，變得更為重要。

還好他們屹立於老區，仍然有很多老街坊需要照顧，要開這些繁複電子鎖不算多，只能說老行業，更需要技術活。

不過行業老，亦有老的好。疫情來到，百業蕭條，開鎖的生意卻不跌反升。也許因為更多人需要留在家中，有時想外出透透氣，都忘掉了原來要帶鎖匙，需要他們協助。

鄧建忠師傅繼承父業，接手開鎖專業

　　鄧師傅就像一面鏡，見證老區老人的日常，也在 50 多年來，見證城市變遷。老街坊的一切，看在他們的心裡，平淡卻不平凡。

尋匙千百款

　　開鎖之外，配匙當然也是樹記主要業務。可不要輕視配匙工藝，所需的經驗比起開鎖更多。鄧師傅隨便拿起一條鎖匙，便能從上千款「匙胚」中選取適合的款色，這種速度與準繩度沒有以年計的浸淫絕不可能做到。再來便是地區分別，原來不同地區的匙款也不一樣。香港普遍使用的是傳統下來的舊西德款式，僅有一邊有「齒牙」（匙突出陷入的部份），有別於美國或其他歐州地區或中國內陸使用的角字型款完全不同。

鄧師傅店內收藏多本匙胚的相關書籍，都是字典般厚度，但兩位鄧師傅亦能對此倒背如流。隨便的給鄧老師傅一條鎖匙，眼一瞄，便能在一秒間從千款鎖匙的紙盒中抽出相應的匙胚，然後便可用機械配製新匙，連思考時間也不用。看著他們找匙，如同看了一場魔法一樣賞心悅目。

除了普通的鎖匙，原來還有無限種類的特製鎖。有些匙有蛇形蚊，它就像指紋一樣，是複雜而獨特的密碼，眼看以為差不多，不是當中配對好的一對，怎樣也打不開，這些蛇形紋亦必須完美無缺，在復刻過程便考師傅功夫。而鎖頭仍然在發展，近年最新的是一種走珠式的鎖匙，據鄧師傅說已發展至第 4 代，這類鎖匙甚至要指定機械才能配製，而樹記亦定期添置不同的新機器，使自己的技術能迎合新舊需要。

樹記兩位鄧師傅既有舊式的技術浸淫，也要趕及了解不同的鎖匙新技術，追趕日新月異的技術，才能保有其專家地位。極像太子這個地方，也像香港人。新舊交融，既有人情，又有專業，亦與時並進。立於太子 50 年，樹記是太子人，是香港人無法替代的專家。

樹記舊舖的門閘亦別具特色

樹記鎖類工程
地址：太子道西127號C地下
電話號碼：9862 2598

要賣就賣止痛藥

做生意，你要清晰知道自己在賣「維他命」（Vitamin）或「止痛藥」（Painkiller）？維他命是可有可無（nice to have）的補充品，但止痛藥在必要的時候，卻是一些人眼中「救命的必需品」！

樹記的收入可分為四大範疇（按毛利率）：（1）開鎖，（2）配鎖匙，（3）鎖類工程，（4）鎖類用品零售。毛利最高的必定是（1）開鎖，每次港幣350 至 500 元不等，因為基本上是無本生利，只靠師傅的一雙手，在街坊需要時，為他們「止痛」，甚至有時還有「利是」收！It's a painkiller！

但開鎖的收入不穩定，難以負擔起整門生意。較穩定的收入是（2）配鎖匙，而較大利潤潛力的則是（3）鎖類工程，因為有機會和發展商或大業主合作，進行樓宇修補等大型工程。

在香港太子的樹記做鎖類工程的兩代鄧師傅，在自己的檔位做了近50 年。由他的父親，到他的兩個兒子繼承父業，在現場見識到他們配鎖和開鎖的技術，就令我想起做生意最重要的是知道自己的核心能力（core competency）是什麼？

核心技能：成功之門的鑰匙

根據美國哈佛大學的哈佛商業評論（Harvard Business Review）的兩位教授，Professor Prahalad and Hamel，指出：

《Core Competency 核心能力》要同時覆蓋 3 個範圍。

1 Provides potential access to a wide variety of markets.（你的核心能力能幫助你打入市場）

2 Should make a significant contribution to the perceived customer benefits of the end product.（你的核心能力最終能夠令你的顧客得益）

3 Difficult to imitate by competitors（你的核心能力令你的競爭對手很難抄襲）

配鎖匙和開鎖這個行業好明顯比較難做，但就是因為「難」才值得做。樹記鎖類工程的「核心能力」就是鄧老師傅在數十年前以學徒身份開始，在易學難精的情況下，經過數十年的不斷重複練習，最後才能夠熟練配匙和開鎖。就是憑着這個對鎖及匙熟悉的「核心能力」，幫助他打入鎖類工程這個市場，去不同地區和住戶，令顧客得益，而其他競爭對手也很難在短時間內學會配匙和開鎖的知識。因為行內知識較少外傳，他們的競爭對手難以抄襲他們的核心技能。

做生意的你也必須要知道自己的核心能力（core competence）在哪裡。Core competence is usually less about your hard product, but more about your soft skill.

「核心能力」，一般和你銷售的產品沒有直接的關係，而是關於你自己的獨有技能（soft skills）。 例如，樹記就是對鎖頭的認識；本人的盛滙商舖基金就是對商舖的分析及增值；Apple 就是對產品的 design；Walmart 就是有效供應鏈管理 （Supply Chain Management）；大家樂就是對食品標準化的運作流程。

單純賣鎖不是樹記的核心能力（core competence），因為如何「平靚正」都容易被他人抄襲。而鄧先生的兩代人對鎖的深入認識及實戰經驗，就是他們的「核心能力」，外人要以 10 年計的時間，才能得到他們類似的經驗。最後問一句，你做生意的「核心能力 」又在哪裡呢？

漁二代鈍悟出新方向

肯尼海鮮

物是人非事事休，曾經人潮如水的魚欄，如今因為極少
年輕人入行，失去往昔的活力和生命。作為水上人二代的
鄭梓傑（Kenny），一度也因為前景不明而飄泊在外，
最終還是回到老本行創立網店「肯尼海鮮」，用直送形式
承繼父業，在沒落的行業重新發光發亮。

漁民二代轉型父業

要說香港其中一項最容易受內地影響的行業，漁業絕對「榜上有名」。兩地水域接壤，隨著內地早年收緊捕撈政策，令本地捕魚為生的水上人生計大受衝擊，漁民後代紛紛「著陸」。據統計處 2021 年人口普查顯示，全港水上人口只剩不足 1,200 人。面對著內地漁業發展一日千里，香港漁業前境非常暗淡，別的大船駛過來霸佔了海域捕魚，也只能無可奈何，違論捕撈優質漁產。生計朝不保夕，行業內再沒有新力軍，只能走向夕陽沒落。往時熙來攘往的漁港如今風光不再，同樣的港口今天停泊著郵艇，而你身為水上人二代，會否有

點心酸，無奈時代變遷？又該如何自處？

Kenny 選擇逆流而上，也選擇發揮出他的「鈍」能力：「既然太多不可控的因素衝擊你，倒不如讓自己『鈍』一點，不要受外界太多影響，專注做好自己來應付困境。」願意堅持從事與海鮮有關的事業，耐力堅毅地面對種種困難。或許這就是他從小所練成的「破浪精神」吧！回憶兒時，Kenny 最深刻是爸爸的刻苦耐勞。每天早上多次放網、收網捕魚，每天重複至少五六次，只為捕取更多漁獲。有時候晚上只能睡上幾小時，要看顧天氣轉變，控制船速和方向把漁獲收拾整理。

在兒時的 Kenny 眼裡，每次出海爸爸只會忙個不停。特別是面對大風大浪，就要好好掌舵落網，既要保護自己人身安全，又能夠盡量捕撈大魚，所以俗語有云「風浪愈大，魚愈貴」。受到爸爸這種無懼風浪的魄力所影響，Kenny 比較擅長在逆境之下磨練自己個性。從小長居船上，縱使船艙環境狹窄而且燈火不夠通明，加上船身不時搖晃，夾雜船件運作時的嘈吵聲音，他依然能夠專心做功課溫書。有時候，Kenny 會隨爸爸遠航到南中國海海域捕撈，沿途海浪不斷翻滾衝擊，Kenny 在船艙內被拋來拋去，暈船嘔吐少不免，但也因此練成了比同齡人更成熟的幹勁 —— 既然選擇揚帆出海，就不怕大風大浪大挑戰，

面對困境，Kenny 認為不妨鈍一點

無論環境多糟糕，都是專注做好自己手上事情，才能乘風破浪。

提及爸爸，他總一臉自豪：「爸爸賺的都是辛苦錢，因為捕魚有很多東西都不在自己掌握之中，天氣、水流、漁獲、或者人的健康狀況……，當事事都不在自己控制範圍之內，就唯有甚麼都不要怕，專注做好自己。我不敢說這是甚麼特別的精神，但至少令我做事比較單純，想做就去做，不會杞人憂天。」特別是每年夏天，放暑假的Kenny都會陪爸爸到魚欄工作，幫忙把漁獲分門別類，再送貨給不同魚檔，又或者協助曬蝦乾、曬魚乾，一個人獨自肩負各種工作。

承父業vs出去闖

提起爸爸當年的漁民生涯，Kenny難免長嘆了一聲，不下一次說這是「辛苦錢」，在外面打撈了漁獲，又要拿到魚欄分銷，所有事情都是一個人親力親為。因此，Kenny預科畢業投身社會時，也曾為是否繼承父業而內心相當矛盾。「爸爸曾想過交棒給我，因為我是家中長子，然而他又不想我太操勞，更因為覺得漁業沒有前景，不想我一世被漁民的框框所限制，影響了我前途，他的心情確實有點矛盾，所謂的『父業子承』，只是口頭說說而已。」

爸爸深知漁業工作非常艱辛，出海動輒便是五六天，同時內地漁業崛起，在同一海域面對龐大數量

Kenny與東京豐洲海膽市場拍賣官緊密合作，直送日本新鮮海產到港

的中國漁船，實在難以競爭。爸爸本來打算退休後，將漁船變賣便離開漁業，卻又總是不捨得。年輕的Kenny當時也甚無頭緒，唯有自己出去社會闖一闖，試過做文員、雜工、從事過保險銷售，甚至到商會學習如何做生意……可是他一直都找不出屬於自己的天地。「我本身反應不算很快，被人形容是『鈍鈍哋』，一直不知道自己最想做的是甚麼，直到一次我回到漁欄，想到這些海產除了傳統運輸，還有沒有機會可以送到市區賣呢？畢竟香港人對海鮮甚有需求，海鮮生意絕

對有市場，關鍵在於如何讓市民可方便地接觸並購買這些海鮮。讓我突然有了創業的念頭。」憑著愛護漁業的心，Kenny決定膽粗粗創立『肯尼海鮮』。

反對變傾囊相助

適逢Kenny的好朋友Jerry同樣有創業志向，兩人一拍即合，尤其是Kenny對各類海鮮倒背如流，Jerry一句「做生不如做熟」，就鎖定了兩人的創業方向與分工：Kenny負責日常生意操作，Jerry負責市場

推廣和包裝。起初二人僅以 10,000 元起步，周一至周五做正職工作，周六及周日到魚市場經營「肯尼海鮮」，透過網上宣傳和訂購平台，把海產速遞直送到客人府上。眼看 Kenny 離開了水上，在陸地社會開展新人生，又輾轉回到魚欄創業，爸爸難免百感交雜。

最初爸爸對 Kenny 在漁欄創業甚有保留，一來擔心 Kenny 既勞碌又沒有一份穩定收入，浪費大好青春年華；二來，漁欄始終是「三山五嶽」的地方，爸爸生怕 Kenny 稍有不慎會開罪有勢力人士。爸爸的憂心，Kenny 怎會不明白？經過 Kenny 多番解釋後，爸爸才被他堅定的態度感動，由「冷眼旁觀」逐漸變為「積極留意」，特別是觀察到 Kenny 和 Jerry 在創業的首半年，總是在周末積極投入「肯尼海鮮」。爸爸也逐漸改變態度，積極協助兒子開拓事業，Kenny 喜言：「爸爸覺得網上海鮮店有前景，輕鬆一點但又賺到錢，而且很大程度上算是承繼了他的衣缽，因此當他看到我和 Jerry 不是『玩玩吓』的時候，亦願意逐漸落手協助我們了。」隨後，爸爸主動帶 Kenny 認識漁欄的叔父前輩，為他拓展人脈。很多前輩都樂於提點他，所以無論在入貨、計帳、運輸等方面，Kenny 都能夠較易起步奠定他生意基礎。另外爸爸亦為 Kenny 供貨，Kenny 指爸爸會第一時間通知他當天有甚麼特別漁獲，如有一次爸爸通知他捕獲了一些兩斤重以上的花蟹。這重量的花蟹在市場上是比較少見，所以 Kenny 隨即於網上平台宣佈「是日海鮮」，反應非常熱烈，不出數小時便全數沽清。

難忘妻子攜手堅持

隨著 Kenny 的業務漸上軌道，年過六旬爸爸安心從漁民的崗位逐漸退下來，專心支持「肯尼海鮮」，間接地把海鮮事業傳給兒子。至疫情爆發期間，坊間對外賣需求急增，「肯尼海鮮」迎來最強的增長期，

肯尼海鮮在疫情中為客戶提供新鮮海鮮到家

73

Kenny 的堅持精神，亦是承襲自爸爸

Kenny 和 Jerry 在本地海鮮及火鍋套餐以外，立即乘勢新增「日本海產直送服務」，購入最新鮮的日本海產來港，再送到市民府上，成功在市場上引起熱潮，高峰時生意額每月更高達 300 萬。

誰知道社會疫後復常，不少中產移民加上大量港人離港消費，「肯尼海鮮」生意額急跌九成，這個「風浪」實在將 Kenny 打個措手不及：「短短 2 個月不到，公司由賺變蝕，而且蝕了一段很長時間，就算我再『鈍』，也一樣感到傍徨。而爸爸已沒有出海了，我不敢將實況告訴他，只能裝作一切如常。唯一知情的家人，是我老婆。她陪著我節衣縮食，慳得一蚊就一蚊，一句怨言也沒有。」

面對突如其來的經濟逆境，Kenny 妻子陪他齊上齊落，每日準確計算家庭開支，不花費無謂金錢，以「兩餸飯」解決午餐、晚餐。妻子甚至想重投社會全職工作，為的是讓 Kenny 堅持個人事業。「看到妻子按著計算機計算開支的一刻，自己難免感到歉意。翌日我還是繼續『鈍鈍地』做好份內工作，不理會太多外界的事情，我只是想把生意做好，令妻子和家人生活得更好。所以在逆流之下，真的可以『鈍』一點，做事才會更專心、更易成功。」Kenny 說。

無論是疫情前、疫情期間或是疫情後，心態才是王道，「鈍」也可以有出頭天。或許水上人見慣大風浪，有一股獨有的「破浪精神」，遇到問題便硬著頭皮去解決，因此「肯尼海鮮」能夠在式微的行業中突圍而出，Kenny 也得以在承繼父業和個人前途之間，憑創新取得平衡，某程度上延續了爸爸的漁民衣缽，同時堅守著水上人的破浪精神，成為大時代變遷裡「留下來的人」。

肯尼海鮮
地址：葵興大連排道華星街美華工業大廈 11樓 D1室
Whatsapp: 9225 6676
網址：https://www.kennyseafoodhk.com/
FB: kennyseafood333

店上VS實體店分別

　　非常欣賞 Kenny 由漁民第二代，成功轉型為日本直送海鮮網店及樓上實體店。在香港經營海鮮網店及零售實體店，各有其獨特的挑戰。如何做好且看以下 4 點：

1 物流和配送配合

　　Kenny 在香港經營網店，其中一項最大成本是物流。網店的物流和配送是核心問題，特別是對於容易變壞的產品，例如日本直送海鮮，運輸成本較高。Kenny 需要建立高效的冷鏈系統，避免延誤導致產品變質，影響顧客體驗。

　　實體店相對物流成本會較低，顧客一般會到店內自行購買及提取貨品。但由於零售店通常開設的位置會較旺，租金比例自然較高。租金佔營業額約兩成算是一個警界線，太高租金店舖較大機會蝕本。當然店主也需要管理庫存和供應鏈，確保店內有充足新鮮貨品。特別是海鮮，定期新鮮貨源，穩定的供應鏈是極為重要。

2 市場及價格競爭分別

　　網址是無限供應，也沒有地域界限。網店可說是面對來自全球的競爭，特別是面對大型電商平台，要打價格戰和廣告成本也對小型網店造成壓力。實體店主要面對本地競爭，不過街上舖位數量是有限的。另一方面也要面對大型財團連鎖店的價格戰。

　　而網店其中一樣最大缺點就是容易格價，轉換成本很低。想要調高某些貨品價格以賺取較高的利潤不容易。實體店的話，格價起碼要多走兩步，時間成本較高。實體店可以做到某些貨品「蝕本價」平售，吸引人流購買其他較高利潤的貨品。如同我們走進超級市場通常不會只買一兩件產品。但網店會發生衝動型購買的機會率較低，因為買家通常心目中較有指定貨品想購買，即使回頭再買其他貨品機會成本也較低。

3 客戶體驗大不同

　　網店一般無法提供實體店那樣的觸覺和視覺體驗，顧客無法親自檢查產品的質量和新鮮度，建立消費者信任成為一大挑戰。幸好 Kenny 憑著多年經驗及累積的會員制度，連詳細的產品描述、高質量的圖片和視頻，並建立妥善的退換貨政策，大大增強了客戶信任。

　　實體店方面，雖然有店面環境和產品展示提升客戶信心，但最大難度通常是店面員工培訓及編更時間表，兩者都會影響顧客體驗。

4 成本與收益

　　網店的運營成本主要來自於物流、倉儲、網站技術及廣告費。實體店的主要成本來自於租金、員工薪資及店面費用。固定成本實體店會較高，但投放的廣告費則可以較少，通常已有固定人流。網店要吸引人氣，則須大量投放線上廣告，廣告成本分分鐘比交租更多。因此近年很多網店都採用「直播帶貨」的模式介紹暢銷商品，希望減低廣告費及提升顧客黏度。

　　疫後，由於消費模式的改變。外遊和通關都讓全港網上新鮮食材的生意萎縮。相信只要 Kenny 繼續專注為顧客帶來最新鮮、最抵、最直送的日本海鮮，把握善用以上 4 大網店和實體店的分別，香港人對日本直送海鮮永遠有需求，疫後逆市中生意會更上一層樓。

為靈魂穿衣的
心靈設計師
Noel Chu Atelier

每一件婚紗晚裝，仿佛訴説著一段愛情故事，Noel Chu 就是
最佳見證者，為每段故事寫下了點注。

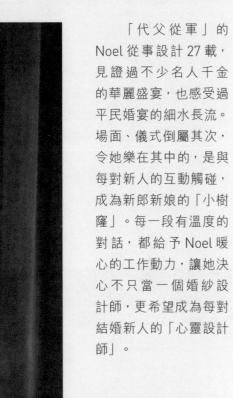

「代父從軍」的 Noel 從事設計 27 載，見證過不少名人千金的華麗盛宴，也感受過平民婚宴的細水長流。場面、儀式倒屬其次，令她樂在其中的，是與每對新人的互動觸碰，成為新郎新娘的「小樹窿」。每一段有溫度的對話，都給予 Noel 暖心的工作動力，讓她決心不只當一個婚紗設計師，更希望成為每對結婚新人的「心靈設計師」。

有故事的衣裝

推開大門，步入 Noel Chu Atelier，一件件雪白的婚紗映入眼簾，那些點綴的蕾絲花邊，鑲著閃亮水晶的婚紗，象徵著對愛情甜蜜的期盼，也呈現女士們對未來幸福的憧憬。「婚紗不是一件普通衣服，它代表著一段甜蜜旅程，與那些 Fast fashion 時裝不同，新娘子一定要試穿很多次，找到一件最合心水、最有美感的婚紗，向在場親友展現幸福美滿的感覺。所以，婚紗是一件有情感、有故事的衣服，每一針一線，都是把新娘子的心聲分享出來。」

每對新人由求婚到宣誓一刻，中間牽涉許多步驟和工夫，包括尋找結婚場地、雙方家長溝通、選購婚紗戒指、甚至買樓買車等等，在這段時間之中，準新郎新娘需要共同面對海量現實問題，一旦雙方觀念不合，小則吵架、大則感情破裂。作為一名婚紗設計師，Noel 見怪不怪地指出，她看過很多新人在試穿婚紗時的喜悅，自然也見過不少新人在籌備婚禮時的磨擦衝突。她記憶猶新的是，曾有一名新娘在行禮前突然悔婚，傷心欲絕的新郎不知找何人哭訴，竟在深夜致電 Noel 大吐苦水，一談就是數小時，雖然兩人本身不是深交，但這次安慰和鼓勵令 Noel 甚具滿足感，讓她明白到這「衣裳」背後的溫度是多麼的獨一無二。後來她與該名新郎成為了好朋友，至今仍保持聯絡，打破店主與顧客的距離。

為新人做小樹窿

Noel 除了設計華麗婚紗之外，她和一對新人的心靈交流亦屬關鍵

一環，有時候她會涉足婚禮統籌，將統籌結婚和行禮經驗，分享予每一對新人客戶，以「小樹窿」的角色緩解新郎和新娘的繃緊情緒，「我很喜歡與不同顧客傾談，把我對愛情和婚姻的看法分享給他們。我會不斷鼓勵新人要接受不完美，Big Day 沒有需要每項細節做足100 分，反而重要的是盡情享受當日的幸福氛圍，並且好好顧及雙方父母的感受。」

新人父母的感受，對於 Noel 來說是猶關重要的，她直言結婚不單止是兩人的事，更是兩個家庭的大事。有些新人在籌備婚禮的時候過於緊張，又或者太重視排場及流程，反而欠缺人性化的感覺，忽視了「四大長老」的獨特地位。雙方父母可能比一對新人更重視該場婚

禮，Noel 見過很多父親、母親每次都陪女兒試穿婚紗，花足心機留意每一個剪裁位、每一個線條位。「我最深刻的一次，是藝人陳凱琳的媽媽，在凱琳結婚當天與我一起落手落腳燙衣服，很少母親會像她一樣親力親為，這些細節和行為都是愛的體現。」若新人能在 Big Day 能重視父母的感受，這份回饋比婚禮流程更重要。

Noel 認為婚禮其實就像「情人節」，不是一場講求場面的宴會，儀式背後的情義才是核心。那是一個全家族都會參與的典禮。所有人會為這大日子而努力，所以應該要讓「愛的感覺」洋溢於整個婚禮上，全個家庭共享溫馨。她常常提醒新人，要在當天好好感謝雙方父親和母親，不妨直接向「四大長老」盡訴心中情，在所有人面前答謝他們偎乾就濕（讀「眠乾睡濕」）的養育之恩。

承繼婚紗事業，Noel 覺得如代父從軍

一點「代父從軍」的意味，想不到後來竟然成為人生事業。Noel 父母於上世紀五十年代來港，兩人都是勤勉的勞動階層，父親更加是一年365 天都不用休息，老是埋首工作之中。到了上世紀七十年代，二人在旺角金都商場開店起家，初時經營睡衣生意，後來母親學懂了婚紗設計手藝，店舖逐漸改為晚裝和婚紗零售，之後更開設分店，生意漸上軌道，店外很多時候都出現來試裝的人龍。

代父從軍轉型

家庭觀念，是 Noel 人生極為重要的價值觀，當初正是為了好好延續雙親的衣缽，她才「違心」地半途出家成為婚紗設計師，甚至有

隨著父母業務忙得不可開交，Noel 自小與雙親相處時間並不多，被迫常常到店面「流連」，為的就是多點時間接觸父母。故此，婚紗在別的女孩眼中是無比美麗的，Noel 卻

獨特的設計，貼心的聆聽

對此毫無好感，她覺得婚紗恰像一名敵人，常常與她爭奪與父母的相處時間，Noel 坦言：「有一年我生日，爸爸媽媽因為舖頭生意好，打了一個金磚送給我作禮物，不過我其實一點都不高興。當時我很希望和父母有一天假期，一起去海洋公園遊玩，但這個願望連續幾年都未能實現，爸爸媽媽實在太忙了。」

隨著年歲漸長，Noel 在這些環境下練成了獨立勤奮的性格，把注意力投放到學業身上，考入著名的美國洛杉磯加利福尼亞大學（UCLA）社會學科，回流香港後她入職法律援助署，同時攻讀港大法律系。正當她朝著專業人士的跑道出發時，一場突如其來的金融風暴改變了她一生。

在 Noel Chu Atelier 的設計，都是時尚的展現

　　1997 年，父母的婚紗店陷入經營危機，Noel 毅然放棄法律跑道，接掌家族生意，由零開始學習婚紗設計，全因不想父母數十年來的心血毀於一旦，這門婚紗生意也由「敵人」變為她的人生跑道。Noel 說：「九十年代面對台灣和內地市場競爭，爸爸媽媽的店舖開始有危機，加上 97 年的經濟打擊，如果婚紗店再不轉型，必然會被淘汰。所以當時我參考了花木蘭，要決心『代父從軍』，讓家族生意好好延續下去。」看到女兒的決心以及其留學經驗，父母安心放手讓 Noel 主管業務。

　　接手後，Noel 最大的「心魔」不是生意，而是「父母的感受」，她一方面很想突破，另一方面覺得

Noel 是婚紗設計師，也是客人的心靈師

如果真的全盤推倒重來，豈不是在說父母那一套已經過時？這樣難免傷害了雙親的感受。於是 Noel 另闢一徑在尖沙嘴開設新店「新婚情報」，主打年輕人時尚設計，更親自為客人設計婚禮主題，目標是要讓一對新人穿著時有舞台感和儀式感，呈現不一樣的風彩，成功打入後生一輩的市場。Noel 沒有根本性地改變雙親的經營文化，純粹是改變目標客戶群，在繼承和創新之間取得巧妙平衡，後來更設立個人品牌，2007 年在中環成立 Noel Chu Wedding Gallery（現改名為 Noel Chu Atelier）。

李玟廿四孝的關愛

或許因為 Noel 不是唸設計出身，沒有受到行業本身的框框所圍，故此比較多以客為本的破格設計。她形容自己是一名「心靈設計師」，處處從客人的心靈角度出發，讓他們呈現真正的自己，而不是被設計

師的專業想法所主導。比如她按新娘要求，將婚紗尾段設計成呼拉圈模樣；又例如她又曾按一個客人的特別要求，把新娘外婆的遺物手巾仔剪裁，交織入新娘子婚紗之內，展現與別不同的家族感覺。此等種種以客為本的新穎設計，讓 Noel 在行內漸有口碑，富商黃創山女兒黃樹珊、九巴後人古念敏、藝人李玟（Coco Lee）的婚紗皆出自 Noel 之手。提到 2023 年過身的李玟，Noel 感觸甚深：「Coco 她自己參與每個細節之餘，會一直很尊重母親的意見。每次度身試婚紗時，Coco 都會在現場安排一張椅讓媽媽坐下，再讓媽媽決定選擇哪一款設計，這種孝順只有從細節上才體現到，是真正的家庭感覺。」對於 Noel 來説，結婚所有事情，都是與「家庭」有關，她重視的不只是新人的「愛」，更多是家庭的「愛」。能夠用一針一線設計婚紗，在以客為本的理念下，連繫著不同家庭之間的愛，實在有無比的滿足感。

為了家族生意，Noel 由法律專才轉型為設計師，從刻板的條文之中跳出來，藉著婚紗向每一對新人傳遞愛，讓她感受到工作的意義，她説：「婚紗是一個平台，我可以觸碰不同界別的人，陪每一個客人走過一段人生重要旅程。正是這種觸碰，我們才能把『愛』像火炬一樣，一個傳給一個。即使賺得不多錢，但我都會堅持把手藝傳承下去，因為這是一門有血有肉、有愛的生意。」這股助人精神不只呈現在幸福的婚姻上，社會裡亦有不少人在婚姻中受到傷害。有見及此，Noel 加入了「心靈雞湯慈善基金會」，繼續擔當心靈設計師的角色，協助失婚女士療癒自我，大家守望相助，就像她所説的一樣，要把「愛」像火炬一樣傳揚開去，照亮社會上每一個人。

Noel Chu Atelier
地址：上環皇后大道西 2-12 號
聯發商業大廈 2022 室
網站：https://www.noelchuatelier.com/
WhatsApp: 5617 0065
FB/IG: noelchuatelier

好好了解自己的價值棒

　　認識 Noel 多年，她的用心經營的個人化婚紗及服裝設計，馬上令我想起幾年前我曾經到哈佛大學學習價值基礎策略（Value-Based Strategy），教授 Felix Oberholzer-Gee 提到做生意要好了解自己的價值棒（Value Stick）。如何應用在 Noel Chu Atelier？

　　價值棒（Value Stick）是用於幫助創業者分析和管理價值創造與分配的過程。它主要關注 4 點：顧客願意支付的價格（Willingness to Pay，WTP）、產品售價（Price）、公司成本（Cost）和供應商願意接受的最低價格（Willingness to Sell，WTS）。

　　如果顧客願意支付的價格（WTP）是高過產品售價（Price），就會產生顧客滿意度（Customer Delight）。如果產品售價（Price）高過公司成本（Cost），就有公司利潤（Firm Margin）。如果公司成本（Cost）是高過供應商願意接受的最低價格（WTS），就有供應商盈餘（Supplier Surplus）。例如：

1 客戶的 WTP 是 1000 元，Price 只是 400 元，客人就有 600 元的滿足度。他們滿意，就會回頭光顧、介紹身邊朋友到來、及唱好你公司的產品及服務。

2 Price 是 400 元，Cost 只是 100 元，公司就賺 300 元。公司賺錢，才會更有資源請人、入貨、宣傳推廣持續經營。

3 Cost 是 100 元，WTS 是 60 元。代表供應商都有 40 元賺，供應商有盈餘，才會做好售後服務，繼續長久供貨，合作無間。記住，供應不單只是你入貨的渠道，業主也是供應商，供應場地。員工也是供應商，他們供應時間、勞力給公司。

萬一 WTP 低過 Price，客戶就會失望，無回頭及唱衰公司；

萬一 Price 低過 Cost，公司長期虧本，就會結業；

萬一 Cost 低過 WTS，供應商就會失去動力，最終停止供貨。業主會終止租約，員工也會離職。

做生意的目的就是：

1 要把人客的 WTP 盡量提升，同時把公司的 Price 也提升，但 Customer Delight 要保持一段距離，才有回頭客及口碑。

2 要把 Cost 盡量下降，同時下降 WTS，但 Supplier Suplus 要保持一段距離，供應才有動力長久合作。

3 Price 提升，Cost 下降，自然公司利潤也上升，長做長有。

　應用在 Noel Chu Atelier：

　Noel 廿多年來的個人化貼心服務、獨特品味設計、和一對新人親密的「心靈交流」關係，成為他們的「心靈設計師」。結婚是人生大事，客戶能專享 Noel 的獨有設計，他們的 WTP 必定很高。配合具市場競爭力的收費（Price），自然 Customer Delight（WTP - Price）必定甚大。這樣也解釋了 Noel 多年來都是憑著客戶口碑，人客介紹人客，不需要太多宣傳推廣，客底自然會繼續增長。

　Cost 成本方面，Noel 及其家族已在行內打滾數十年，已與優質的布料、裁縫、飾物等供應商建立長期合作關係，通過批量採購獲取更優惠的價格和條件。員工感覺一家親，供應商長期的愉快合作，正所謂「做生不如做熟」，Noel 必定也已經不知不覺地進一步降低他們的 WTS。有了供應商盈餘（Supplier Surplus），因此員工及供應商和 Noel 的合作關係多年來也非常穩定、愉快。你做生意的價值棒（Value Stick）又如何呢？

洗熨去污
樓下暖心服務
美麗華機器洗衣

位處邨齡已近50的愛民邨昭民樓地下的
「美麗華機器洗衣」，是舊屋邨常見的「樓下
舖」，也是一間半世紀老店。

門口一袋袋待洗衣物堆起的小
山、店內略帶狹窄的店面，洗衣機
內衣服傳來的濕氣、旁邊人形衣架
熨斗升起的熱氣，或許都會予人不
舒適感覺，不過這不也說明客人對
它洗衫服務的肯定嗎？當再看到店
主張錦榮和員工與客人間親切的互
動，留下的不就是傳統公屋那種獨
有的暖心氛圍嗎？

50年的專業

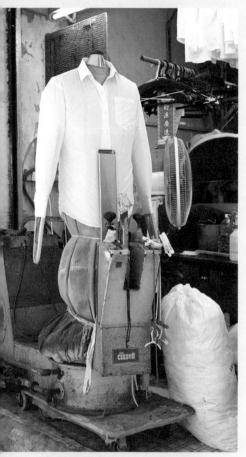

企身熨衫機，現已近乎絕跡

滄桑甩掉了幾劃，還好是仍能分辨得出來。

不過，張先生只算店舖第二代接班人。年青時，他因主修紡織，所以對衣物質料極為熟悉，這也讓他選擇投身相關行業。及至 1993、94 年，已主理幾間洗衣廠及乾衣廠，專門為大型製衣廠負責洗水工序。在主修知識及工作經驗累積的相輔相乘下，張先生逐漸對去除污漬愈來愈得心應手，也調整出一套學問。不過，大廠的人事管理糾紛，令張先生萌生退意，恰巧當時經營「美麗華機器洗衣」的親戚，因年邁有意退休不幹，張先生便決定接手經營，放棄管理上百人的大廠，轉而經營一間屋邨小店。他笑言：「至少自己想做甚麼就甚麼，自由度大很多。」

半世紀的小店

洗衣店在愛民邨入伙一、兩年後便開業，落戶近半世紀。只看招牌上幾個大字，已是仿如見證著香港的變遷，由從前的金漆字樣變得暗啞啡色，「美」及「華」字也飽歷

店內滿是舊有時代的印記

名牌界中洗出口碑

以為小店會很輕鬆，誰知現實困難重重。張先生接手後即遇上政府推出嚴厲打擊公屋富戶政策，又加上鄰近的何文田警務人員宿舍被遷拆，導致流失大量客戶。張先生唯有積極聯絡從前認識的名牌代理公司，卻是處處碰釘，沒多少回音。及後，某間名牌時裝店出現了一件有著嚴重污漬的 Gucci 衣服，店經理也沒能找到洗衣店處理，於是主動尋求張先生幫手。果然，衣服順利重獲亮麗潔淨。而受惠於當時時裝業的蓬勃發展，時裝名牌銷售員轉工跳槽的比率甚高，順利讓名牌衫光彩重生的事跡廣泛流傳，也打開了「美麗華機器洗衣」的去漬口碑，不少時裝名牌也慕名而來，亦成為張先生日後的熟客，生意總算穩定下來。

照顧街坊是日常

接手洗衣店近 30 多年，經張先生接手的衣物不計其數，不難想像有多千奇百怪。其中一次較為特別，是張先生在某一天接到一通電話，另一頭是位女熟客，正焦急的說著自己剛倒瀉紅酒在名牌包包上，該如何處埋。類似電話平常也有出現，這次特別之處在於，原來女熟客正身處航行的飛機內，是使用航空公司提供的衛星電話打來。

但結終，作為一間屋邨小店，每天見到最多還是熟口熟面的屋邨住戶，加上洗衣店門外正是愛民邨供人聚腳閒聊的小公園，所以日常也會有不少街坊老幼來到洗衣店跟張先生「吹吹水」，好些已遷出的舊街坊，亦偶而會山長水遠的將衣服讓張先生幫手處理，為的也是順道話話當年，令洗衣店有著濃厚人情味，老闆、店員、顧客之間也頗為親近。所以，要說什麼奇怪洗衣故事，其實不會太在意記得，反而，伴隨愛民邨的人口老化，對張先生而言，某天接獲某某相熟街坊離開人世的這類消息，才更顯深刻也傷感。

是大衣櫃也是捐衣場

濃厚的人情味是隨歲月累積起來的，不過累積的還有另一樣東西，那就是「未取衣物」。在洗衣店內，充斥著不少衣物，即使抬頭也是一片衣物天空，這多數都是愛民邨或附近居民未取回的衣物，保守估計上千件。雖然言談間，張先生也有點苦惱，但也不介意居民們將洗衣店當作「大衣櫃」，以「未取衣物」

形式存放未用衣物，所以即使單據清楚寫明只保留衣物 6 個月，部份卻是已超過一年以上。

不過，畢竟過於阻礙地方，尤其是被單等大型衣物，所以無可奈何下，張先生還是會定期清一清倉，將擺放過久的未取衣物分出來，捐送給救世軍，又或透過社福團體捐給街頭露宿者。

「機器」收衣是賣點

「美麗華機器洗衣」招牌寫著的「機器洗衣」，是店舖逾半世紀的力證。張先生表示，從前的洗衣店多數是人手洗衣。在七十年代，若以機器洗衣十分「威水」，客人也會感覺清洗得更為乾淨。所以當年大多數洗衣店都會加上「機器洗衣」字樣，顯得更為高檔。張先生還憶述，當年的確增加不少吸引力，甚至部份較有要求的客人，還會將被單也拿來清洗，貪的是機器洗衣

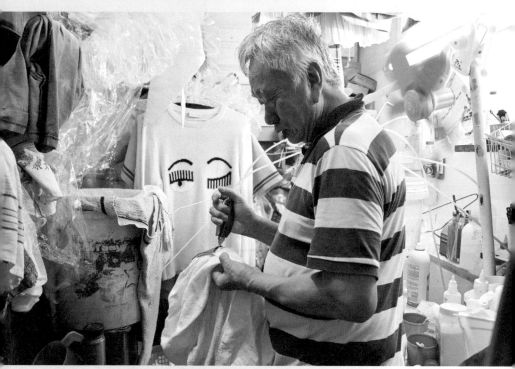

自製的水槍再加幾滴清潔藥水，頑固的污漬這樣清走了

能夠在過程中加「漿」，尤如在被單上加上護膜，可以將污物黏走，清洗時更為乾淨。

洗衣店為了名符其實，當年更特別引進「威士汀」自助洗衣機，成為全港首間使用的洗衣店。可惜，今天已全部掉棄，張先生還感歎指，應該保留一部作為古董展覽。

舊店還是手寫單有味道

去污如解化學公式

話說回來，問及什麼污漬最難處理，張先生表示，紅酒的確是首選。尤其現時很多人會傾向從網上搜尋解決方法，自行處理，而可笑是那堆方法普遍都沒有效用，反增加了去漬難度。最正確方法，是即時以清水簡單處理，不要延誤太久，皆因紅酒化學成份經一段時間後，會破壞衣物的內部組織，就更難於去除。之後，再視乎情況，拿給洗衣店找專人處理當中的水份、果汁、酒精，單寧……。

不僅是紅酒漬，即使其他污漬，當接到手上後，即時便要在腦海對污漬成份、衣物質料、內部構造等等進行分析，再一步步逐樣解決。他形容去污就如解化學公式，要將

電腦洗衣機也已沾上歷史味道，但仍運作正常，還可編程針對不同類衣物

那串複雜符號，抽絲剝繭般拆開處理。一旦沒搞清楚衣物質料，胡亂清洗，很容易便將衣服洗壞。舉例：Cortex 衣物由於非縫製而是以高壓製作，一旦接觸酸性會破壞結構，一段日子後便會變得殘破。所以清洗時切忌倒入柔順劑，因為柔順劑都是酸性液體。

張先生還指，不清楚衣物質料，切勿清洗。某次店內接收到一件酒店送來的內衣，看似與普通內衣沒分別，員工於是按一般流程清洗，誰知那件內衣原來是用綠化纖維製作的潛水內衣，不能接觸 40 度或以上水溫，結果一整件衣服由成人尺碼縮水成小童尺碼。

將去污過程智能簡化

將去污比喻為化學不是笑話，當中的確也有著很多相近的知識內容。事實上，眼見洗衣行業愈來愈困難，尤其由於洗衣工作場所都不能安裝冷氣，以至難於招聘員工人，張先生近年傾向花更多時間在培訓新人，減少親手處理衣物，大都交給店內的員工負責，若然遇到較貴重或較有價值的衣物時，則會從旁加以指導。「始終要給他們機會試。」

前段日子，張先生還曾擔當職業訓練中心的資歷架構評審，並與他們合作科研項目，希望創建自動去污系統，以仿效中醫百子櫃的執藥方式，在分析衣物質料後，再將污漬仔細分類及「打散」工序，利用指定去污方法個別處理。

張先生還曾構思「纖維自動識別系統」，利用製衣業訓練中心的巨量衣物數據資料，培訓人工智能，日後便可以 AI 及微攝技術分析衣物質料，從而將整個去污過程簡化及智能化。張先生笑言，「要做到阿婆都識用。」

洗衣店是民生需要，社會再發達也需要洗衣的存在。磅洗、乾洗，全都有著學問。老字號的美麗華機器洗衣，承繼著舊人情，走向新智能方向，見證著老店、老行業，只要市民有需要同樣有它的一席之地。

美麗華機器洗衣
地址：何文田愛民邨昭民樓地下3號鋪
電話：2713 5336

持續性生意更要改變

美國哈佛大學教授 Michael Porter 說：「Continuity is the ENABLER for sustainable competitive advantage.」（「持續性」是維持競爭優勢的推動者）。

「美麗華機械洗衣店」在愛民邨同一地點已經營超過 50 年，令我想起 Michael Porter 教授提出：做生意制訂任何經營策略，最困難的就是要有 Continuity（持續性）。美麗華明顯是有持續性的生意，但有「持續性」不代表一成不變，那有什麼應該變、有什麼應該不變？我們先了解有「持續性」對企業長遠發展的 3 大好處：

1 加強對公司的身份認同

有「持續性」的公司，能強化客戶之間的關係。好像美麗華洗衣店一樣，在同一地點經營超過 50 年，顧客自然有信心，不需要多解釋，即使早上未開店，將一袋衣服放在店門前，便知道老闆會妥善處理衣物。

2 伙伴更易適應運作模式

透過不斷重複與供應商、銷售渠道及合作渠道合作，長遠能更加強你的競爭優勢。

3 熟能生巧

「持續性」會令到整個公司的企業價值鏈運作得更加順暢，同事們對公司的發展方向有信心，能更有效地建立企業獨有的能力及技術實踐策略。

做生意的策略雖然要有「持續性」，但不代表要一成不變，只要你的

Key Value Proposition （核心價值主張）是穩定的，還是可以有更多創新方法令到顧客更滿意。

核心價值主張：最快、最準確

1850 年 Paul Reuter 創立 Reuters 路透社時，對顧客的價值主張很簡單，就是「最快、最準確地把市場及金融資訊傳遞給客戶，讓他們作出知情的決定 （informed decision）」，Buy or sell 未必一定是對，但起碼是個 informed decision。

174 年前是沒有電腦、網絡的年代、甚至連飛機、電話都沒有，當時能如何傳遞資訊？答案是信鴿（Carrier Pigeon），Paul Reuter 培訓了 45 隻信鴿，在當時德國的 Brussels 和 Aachen 兩個城市之間往來。兩個城市相隔 146 公里，坐火車需要 6 小時，飛鴿則只需 2 小時，這樣就賺了 4 小時，讓客人願意買他服務。時至今天是成為全球最大之一的多媒體新聞通訊社。由信鴿發展到 telegram、再發展到 internet 等更快資訊、該公司基本信念與價值主張都沒有變過。

令顧客以最「抵」價錢購買多類型貨品

Walmart 沃爾瑪由 1962 年第一間美國小鎮店舖開始，直至到現在全球有過萬間分店，成為全球最大的零售商，營業額每年超過 5 千億美金，Walmart 的基本信念和對顧客的價值主張都是沒有改變過，就是 "Broad range of goods at everyday low prices." （令顧客每日以最「抵」的價錢買到多類型的生活貨品）。

Reuters 或 Walmart 過去多年的「核心價值主張」都很穩定，如何創新地去服務顧客，都是圍繞著同一個價值主張。其實如果美麗華機械洗衣店有心改變持續發展「做大」的話，也可以秉承本身的「核心價值主張」，例如幫顧客用最有效的方法清理及保存衣物，再加入最新的科技及創意，也有機會成為全港連鎖式衣服整理集團，當然，不是每間公司的夢想都是要「做大」，祝願美麗華機械洗衣店老闆張先生再持續經營多好多年。

修遮修補城市心

新藝城傘皇

正所謂大隱隱於市，誰會料到在深水埗北河街街市街頭旁邊，藏著一位「皇」。

這位號稱「傘皇／遮皇」的白鬍翁邱耀威師父，人稱威哥，是「新藝城傘皇」的第五代傳人，一生都在賣「遮」及「整遮」，對「遮」的認識堪稱無人能及。威哥還不吝嗇藏私，但凡拿傘來讓他修理的，都會附送幾分鐘開「遮」收「遮」正確方法，教授如何做好保養。他豪言，只要跟足其方法，一把「遮」是可以用足一世的。

用心撐起每把傘

與威哥做訪問，絕對是愉快體驗。經電話邀約訪期一刻，已被千叮萬囑：「下雨就不要來了，會阻礙街坊做生意」。「賣遮整遮」的還怕下雨，的確有趣，但也是威哥貼心的表現，這份貼心在他為人修理雨傘時表露無遺。他認為客人拿雨

傘來給他修理總有著一個理由，可能是亡母的遺物、可能為緬懷昔日某段時光，也可能蘊含對某人的思念，形形色色的故事就隱藏在一把把雨傘背後，所以斷不能掉以輕心。

就像某次，一對目測已年屆 80 的老夫婦，曾拿來一把雨傘給威哥修理。威哥起初一眼看出雨傘怕是半世紀以前的舊物，相關零件已停產，基本上無法修理。但老伯伯表示，雨傘是他們 17 歲時的定情信

修理雨傘是手作細活，再不欣賞怕要失傳

99

重新製作的昔日招牌，寫著「清道光二十二年創」

物，意義重大，站在一旁的老婆婆也臉露失望及哀愁。威哥於心不忍下，承諾放手一試。不就是沒零件嗎？那就以舊零件改造吧！雖然單是一個釘頭，便已耗費威哥一天的時間打磨，才勉強可以嵌入，最終更是花近一星期才算修理完成。當老夫婦前來取回時，老伯伯千多萬謝兼讚賞威哥手藝，老婆婆開心的表情更是藏也藏不住，場面十分感人。問及修理費時，威哥笑言當時也沒想太多，既然那把雨傘有著如此動人意義，所以也沒打算收錢，算是免費贈送。老夫婦雖有意堅持付費，也無可奈何，只能以兩件精緻蛋糕代替支付修理費。

180多年祖業

　　威哥就是這樣一位有著滿滿人情味的老師父。但説到為什麼會從事修理雨傘？威哥將故事娓娓道來：話説他的曾曾祖父眼見清朝時，雨傘無論是中國油紙傘還是西洋雨

修理傘的工具就是簡單，複雜的是技藝

一對對聯，顯示當年的才氣

傘，都只有達官貴人使用，有感會是一門賺錢的生意，於是在清道光二十二年（1842年），也就是香港被割讓給英國那一年，在廣洲一德路創立「新藝城傘皇」，專門售賣及修理雨傘。當其時開舖頭的還特別喜歡附庸風雅，所以專門請來文人寫了一副對聯：「新姿滿城顯氣派，藝彩盈市滿風華」。自此新藝城便扎根在廣洲，直至上世紀50年代，威哥父親移居香港，不再經營修理雨傘才告結業，也算是斷了傳承。然而威哥從小耳濡目染，對雨傘有著不解之情，於是在父親手裡繼承了修理雨傘的手藝，及後在取得父親同意下，重新將祖業招牌掛上，正式成為第五代傳人。

雨傘都是工藝品

對一般人而言，雨傘不過是消耗品，不見了或壞了，那就買新的，不會有絲毫感覺可惜。但對於威哥而言，雨傘是藝術品。單是中國油紙傘，已涉及繁複的工藝程序：骨架部分必需選擇竹、木或藤等材料，之後再一刀一刀切割及紮作成散架；再塗上以未成熟蕃茄煮成的汁液，作為黏貼漿糊兼避免蟲蟻蛀咬；傘紙須選用加入蠶絲的紗紙以增加堅

韌度，並再浸泡梧桐樹汁防止漏水。最後，將紗紙裝裱到骨架，油紙傘才算製作完成。過程繁複，而且全經由人手處理，極為考驗工匠的手藝。

威哥更指，因為雨傘打開後有著一整塊傘面，從前的不少文人雅士還喜歡在上面題詩造句，例如寫上唐宋詩詞又或是一些警世字句，讓雨傘的藝術價值更上一層樓，最常見為畫布上畫作。當中，常被繪畫的主題便是蘭花，既容易畫也較受歡迎。當然，玫瑰、牡丹等花卉也不乏人繪畫。

其讓人惋惜的是，今天雨傘因普及程度而不再多人珍惜。從前的油紙傘因不及布傘耐用防水，而讓

101

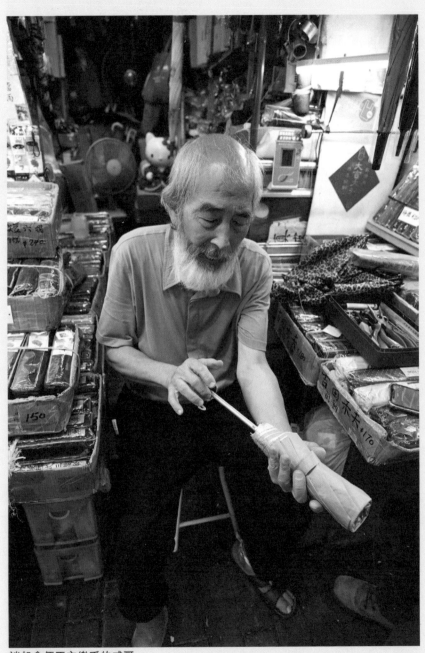

談起傘便不亦樂乎的威哥

手藝漸漸流失，油紙傘都只能留在博物館內，更別說文人雅士在傘上題字作畫了，因此造傘與題字傘的藝術漸漸消失在歷史長河裡。

撿拾垃圾廢「遮」

姑勿論雨傘的價值如何，威哥還是會用心的去修理，經他手重拾「傘」生的雨傘已是無法計算，時至今日還不時會有人拿著損毀的雨傘給他修理。所以威哥笑言，他是雨傘代理公司影響生意的頭號麻煩人物，不受歡迎。不過威哥也不太理會，反正問心無愧便是。

只是代價仍在，由於雨傘代理公司不喜歡威哥，不樂意售予他雨傘零件。有時為找到合適零件，威哥唯有四處檢上別人丟棄的破爛雨傘，從中拆取所需零件。威哥打趣地說道，現時最喜歡打風落雨，不是因為有更多人購買雨傘、修補雨傘，而是因為店前那垃圾箱會多了不少破爛雨傘，讓他輕鬆便取得更多後補零件。

開遮收遮要正確

既替人修理雨傘，自然會經常被問及：「一把傘可以用多久？」威哥卻豪言：「用得好，一個人整輩子可以只買一把傘！」哪如何才叫「用得好」？威哥教授了不少外間沒有的技巧。例如怎樣開收「縮骨遮」：首先，開傘時，要一隻手托起遮身，再用另一隻手按下「遮掣」（打開傘的那個小按鈕），這時傘身要向下，慢慢逐步逐步推前直至完全打開傘身，切忌一下子將傘向上打開，原來會容易讓「遮」骨鬆散。要將傘收回來也一樣，可以逐步摺起傘骨，再輕力搖晃傘身，再將水份搖走。之後將整理好的「遮」布，順著一個方向慢慢捲起，又是切忌隨便的捲作一堆，這會縮短「縮骨遮」的壽命。

傘皇在深水埗待了一輩子

當然，最好的辦法還是親自到「新藝城」走一趟與威哥聊聊，威哥絕對樂意示範。

沒有第六代傘皇

年屆近 70 的威哥坦言，現時還在繼續替人維修雨傘，純綷只是興趣使然，也沒管生意多少。現代多了顧客購買太陽傘，確實有助生意，但對威哥而言，一切如常。

傘是民生需要，無論疫情不疫情，只要有下雨便需要有傘的存在。所以疫情對新藝城來說，並沒有太大影響。最大影響卻是來自「傘皇后」。威哥的太太早已因為威哥年紀漸大，要求將店關了。他笑言每天出門開舖也是戰戰兢兢，生怕惹來太太更多不滿。而問及威哥會否將店舖傳給子女，他如同所有手工藝老店的老店主：激烈地反對：「一定不會！這裡沒錢賺。」傳統與營生，

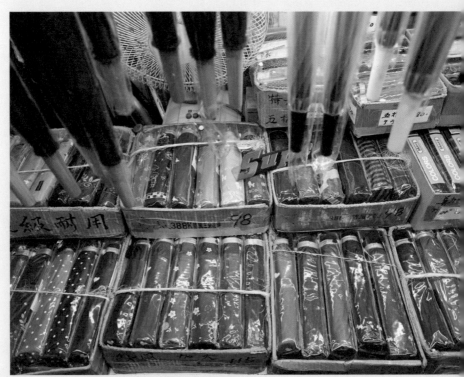

店內有不同款式傘具，從幾十到幾百的選擇也有

傘是遮風檔雨，也是威哥的承傳家業

舊人與新一代的傳承，是這世紀的難題。

除了賺錢不多，威哥也覺得「新藝城」到他這一代，傳了五代皇便夠。畢竟修理雨傘其實「高危」。雨傘的骨架都是鋼製，十分鋒利，一個失誤絕對會造成不輕的割傷，威哥的雙手便有著大小長短的多條割痕，其中一條在受傷時更加深可見骨。而且由於維修時會雙眼近距離觀看骨架，很容易一個不小心傷及眼睛，盲掉了可不好。問及威哥會否收徒授藝，他也是打趣地：「唔好害人啦。」。

舊年代的人，是因為收入不多而多修理；新世代的人，為了情懷為了延續，仍然需要傘皇威哥的存在。當威哥退休了，叫要修理的人往哪去？當中情懷又往哪擱？時代巨輪是無情的，也只能叫人珍惜現況，珍惜「新藝城」仍在的日子。

新藝城傘皇
地址：深水埗荔枝角道 314 號 B1 地鋪
電話：9248 5748

讓夕陽行業起死回生

做雨傘維修，肯定是一門辛苦的生意。我非常佩服威哥的堅持，成為第五代接班人，代代相傳實在不容易。但老實說，雨傘維修可能是一門隨時「手停口停」的生意。因此威哥都多次提到未必有接班人。

雨傘維修市場，說大不大，說小不小。每戶人家中都有雨傘，可惜今時今日，買一把雨傘的價錢越來越便宜，很多人用壞了就馬上遺棄而不去維修。當然，從環保角度，雨傘維修實在有很大的存在價值。最大的挑戰是威哥本身就無意「做大」。「細做」，就好像現在一樣，在深水埗的小店做雨傘維修及加入雨傘零售。「大做」，其實可以透過以下 10 種方式嘗試提高營業額：

1 舉辦更多工作坊，教客人 DIY 雨傘或如何令自己的兩傘更加個人化。因為只要令雨傘更個人化，他們就不會輕易丟掉壞掉的雨傘。持續維修的機會率就會大增。

2 和大機構或政府部門合作，推出員工或者會員的雨傘回收及維修計劃。每次維修完之後，可以再加上公司或團體的 logo，企業能宣傳之外，更有助企業建立社會責任及環保意識。

3 新藝城傘皇已是第五代傳人，可以考慮借此歷史悠久的背景推出自家品牌，since 1842，令顧客更有信心「這是耐用及優質的雨傘品牌」。

4 考慮把自己定位成為更高級的雨傘維修師傅，專門修理各名牌子的雨傘，每次收費數百元以上。 因為每人每日都只得 24 小時，既然要花時間在廉價雨傘，倒不如專注做貴價雨傘，這可能令收入更高。

5 考慮培訓更多學徒，多幾雙「熟手」，自然更有效率，降低成本維修雨傘。相信從中也會找到更多有興趣做雨傘維修的接班人。

6 考慮推出會員制度，會員之間可以互相分享雨傘。這樣的話可以留住客人，又可以讓他們以低成本共享多個不同款式最新的雨傘。

7 除了實體店零售以外，發展網上銷售。主打香港特色雨傘，打入海外市場。也可以 Online-To-Offline，透過網上宣傳帶動人流來實體店。

8 透過社交媒體，每日介紹不同雨傘的功能及維修技巧，目的是令更廣大公眾認識之餘，要買傘、要維修傘，都會第一個馬上記得新藝城傘皇。

9 把維修雨傘的工作流程放在店舖門前，就好像餃子店在門前包餃子一樣，吸引門前行人的注意，甚至每次都把整個維修過程的精髓放上社交媒體，讓更多客人認識之後，需求自然提升。再加入彈性收費，繁忙時把每小時收費調升，營業額自然更好。

10 在店舖時，可以換上更專業的制服，好像工匠、醫生、大廚、飛機師一樣，讓客人見到維修雨傘都需要專業的形象及專業的工具，宣傳之餘，也自然信心大增。

　　當然，「做大」的方法遠遠多過以上 10 種，最重要是老闆本身的心態是想維持現狀、收縮或「做大」。我深信只有夕陽的公司，沒有夕陽的行業，心態決定境界，老闆們要加油。

聆聽身體 重啟人生
11:11顱骶頭骨調整

「碰著頭皮，能夠治療身體的病症甚至失眠等心理因素？」每位聽過Rita解釋甚麼是顱骶治療的人，都會挑著眼眉，不可置信。

可是在嘗試過這種新派治療後，他們才意識到世上總有許多未知的可能性⋯⋯Rita在十幾歲時經歷過全身無法動彈，感受過身心互動的威力，學習了一套助人助己的新式療法。香港小店，特別身心靈小店經營不容易，Rita則只以口耳相傳的方式，預約長滿，將新派療法帶來到香港，以11:11創造無限可能。讓香港人知道，難題便是出路。

給自己一個新開始

緊張、失眠、壓力未能釋放，都是香港人通病。Rita的工作室，以11:11（eleven eleven，即十一時十一分）為名，希望每位客人來到這裡，都會帶著希望與重新出發的勇氣，拋掉舊有的想法、模式，

重拾健康。因為，她也曾經被僵化的情緒、舊有的傷痛，致使自己無法動彈。

Rita從小的健康也不太理想，總是大病不多小病不斷的長大，也不曾想過自己會有甚麼大毛病。十多歲的她在加拿大讀書，一天她如常從車上下車，站在行人路上忽然整個人動彈不得。「我不得不致電家人將我抬回家，此後一個星期，我都只能在梳化坐著，人一直就這樣不能動彈。」莫說走路，連動一下都沒有能力，像是有能力說話思考的「植物人」。可是，她卻沒有遇上車禍、沒有中風，就只是無法動起來。

「醫生說，我是免疫力問題，

109

給了我類固醇便了事。」然而一旦吃類固醇，只能繼續吃，身體亦只會愈來愈差，並且會臃腫起來，Rita 不想走這條路，唯有回香港尋求更多可能。

為了治病，Rita 與家人訪遍名醫，找到中醫治療，讓 Rita 開始可以走路，身體依然劇痛，皮膚亦開始流血、潰瘍，情況非常不樂觀。試過不同的方式，身體亦只是時好時壞。後來有朋友說，蘇格蘭有一個地方，有新式的療法，也許會幫

到她。對身體苦無辦法的她，抱著姑且一試的心態便坐飛機過去。

身體在對我們說話

如果生命的痛苦是一份我們未被解讀的密碼，提示我們不知道的訊息。Rita 沒有由來、無法解釋的病，為她帶來了全新的可能。為了治病，她來到蘇格蘭，開始明白到身體為甚麼總是無法好起來。

那裡讓她以全新的角度，看待

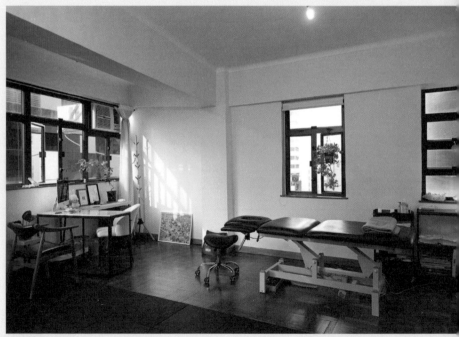

治療室的一角

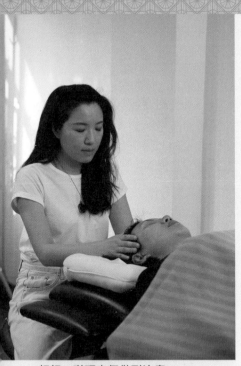

輕輕一碰頭皮便做到治療，
很多人難以相信，卻經驗過無法不信

客人接受治療後有明顯改善

科學地聆聽身體話

Rita 在蘇格蘭聆聽著身體的「說話」，放下種種傷痛。親身的感受，讓她無法不相信這個新的信念。她希望能以此幫助更多的人，可是該怎麼表達如此天方夜譚的概念呢？如果不是她曾經患上的無名之症，大抵都無法相信。所以她決定從身體入手，尋找科學化的方式，好好聆聽身體說話，讓自己身體更加健康。

回到香港後，她學習很多不同的身體治療方法，最初學習療癒瑜伽、拉筋，讓自己身體強壯起來的同時，亦開始新的路：教授瑜伽、拉筋。聆聽身體多了，慢慢 Rita 對神經學很有興趣，學習了不同學派

病痛、看待身體。了解到身心是互有關聯，就像中醫常說的情緒會影響身體狀況一樣。很多人身體有病，只處理身體，心病還在，如何能好？身體出現了嚴重問題，是因為「心」需要療傷。在蘇格蘭，她解決了許多心理和信念上的限制，隨著這些問題的緩解，她的身體狀況也逐漸改善。「心療癒了，身體再不需要提供警號，便自然會好了。」是那裡的人教會 Rita 的，也確實在她身上一一驗證。

的身心治療，亦讓她接觸到特別的手法：髗骶頭骨調整，為她的療癒之路展開新一頁。

髗骶頭骨的神奇

顱骶治療（Craniosacral Therapy, CST）是「身心治療」的一種，起源可以追溯到上世紀初，由美國骨科醫生 William Garner Sutherland 所創立。他發現人的頭骨會像呼吸時，胸腔的輕微起伏一樣微微移動，這種微妙的動態有助於調節身體的其他功能。就像情緒會影響身體狀況一樣，身體的神經、脊椎乃致身體狀況，都與頭骨息息相關。

透過利用輕柔的手法在頭部進行「按摩」，就像為大腦和神經系統做一次放鬆療程，幫助釋放因壓力或疲勞積聚的緊張感，甚至有些人會運用這技術達至瘦面等效果。Rita 最初為自己而學習，及後將技術運用在客人身上，得到廣泛好評。而她亦由主要教導瑜伽、拉筋的事業，慢慢轉移至以髗骶頭骨治療為主，發展一門小眾而獨特的生意。

獨特行業獨有捧場客

Rita 所做的事業卻太獨特。人們不容易明白，要解釋「摸摸頭皮一個小時後，病症竟然會得到舒緩」，不理解背後科學原理，完全會覺得匪而所思，自然要找客人也不易。

因為她自己經歷過，並受惠於髗骶頭骨治療等身心治療改善免疫系統病況。她的第一群客人，是她的療癒瑜珈學生與免疫系統問題的病友。當客人感受到效果時，便以口耳相傳的方式，為 Rita 建立起客群。親身的經歷，往往是最大的證據，儘管要解釋不容易，更多苦無辦法的客人，在親身感受有效後，成為最大的推廣群。

112　Rita原先教療癒瑜珈，積累了客戶基礎

檢查，身體挺健康，甚麼情況也沒有。可是三個月後，原來客人後來檢查，確實查出有子宮肌瘤。早在肌瘤能夠被醫療檢查方式檢查出來之前，原來身體的不和諧情況亦已經出現，Rita 以身心治療的方式，聆聽身體的聲音知道身體在響起怎樣的警號。

寵物可以做治療

能夠找到自己有熱誠，並能幫助人重拾健康、重拾喜悅，是福氣。摸著頭皮，靜聽身體給予客人的訊息，有時候比醫學檢查還要快找到病。

曾經她為某位客人治療時，發現客人子宮可能有問題，要多檢查留意自己狀況。客人卻說才剛做了

髗骶頭骨治療亦對情緒影響的疾病有莫大幫助，而且一般 3 至 5 個療程（每次 90 分鐘左右），已經有明顯效果。而 Rita 的病靠著不斷清理心裡的種種舊有信念，以及對身體的照顧，身體愈來愈好。當她聆聽到客人的身體訊息，經常會給予客人「功課」，要求客人在生活中亦有更多改變。例如一位客人因失眠而找她，她除了要接受治療，更需要在自己的家中種盆栽。身心齊下，成效亦大。

被客人要求不轉行

Rita 的客人靠著口耳相傳，成績確實不錯。從療癒瑜伽慢慢轉至

113

聆聽身體，便能找到身心靈健康

主力做身心治療項目，要預約 Rita 很多時需要到一至兩個月後，在生意層面已算穩定。然而再優秀的能力，也敵不過不可抗力的天災。Rita 遇上疫情，也曾無計可施。

源於她自己也有免疫系統毛病，她的客戶亦有不少如此狀況。當疫情來到時，對她打擊甚大。即使她自己願意冒險，也不會希望客人冒險到來，畢竟免疫系統病人的身體，禁不起疫情的打擊。而瑜伽場所亦被勒令關店，收入接近零，令她不得不思考關店轉行的念頭。

幸好她有一班如朋友的客戶，受惠過她的幫助，客戶知道這個行業的重要，紛紛提出不同的方案，讓 Rita 得以繼續營運下去。他們有些人選擇以捐助形式，支持 Rita 交付租金；亦有客戶邀請她分享線上健康的資訊，或是網上的拉筋課程，使她能有基本的收入堅持下去，捱過寒冬。

eleveneleven

1111的Logo是易卦的「泰」卦，象徵著豐盛

疫情讓 Rita 與她的病友們，因為自身的病與外邊的病毒，無法好好出門經營生意，卻得到無限的關懷，互相扶持的力量，使寒冬變暖，亦讓 Rita 知道愛才是最大的成功之道。

走過傷痛再出發

包括 Rita 在內，走進 11:11 的客人們，都從身體到心裡都走過了各種的困難，獲得了豐盛的結果。當然偶爾有些人只為了身心或是臉部看起來更加平衡而找到 Rita 協助。無論是為了身體的不適，或是只是希望變得更美，Rita 都希望來到 11:11 的客人，都能有重新出發的機會。

她，從不知道病因的病開始，找到了助人的方法，並成就獨特的生意。除了髗骶頭骨治療，她亦結合了不同的身體療癒模式，獨創 SomaRhythmic 身心整合治療，更有效地幫助人身心整合。

11:11 的標誌，是一個易經的「泰」卦，泰卦的意思是「三陽啟泰」，萬事萬物都有美好、安定的意思，Rita 以此為標誌，希望走進來的每一位都能獲得豐盛。

進入了 Rita 所創造的 11:11，你會感受到寧靜舒適的空間，全新體會的身心之旅，以及響往美好的可能，也許你還會遇上為女兒學習身體治療，正半退休幫助他人治療身體的 Rita 爸爸，感受著父女的、治療與客人的、朋友之間的種種豐盛。

11:11eleveneleven
地址：九龍尖沙嘴彌敦道96號美敦大廈8C
網站：https://linktr.ee/1111eleven
IG: eleveneleventherapeutic

AIDAR模式協助行銷漏斗成功

老實説，當我第一次認識 Rita 的 11：11 時，她提及到如何透過顧骶頭骨調整，科學地聆聽身體説話，治療客人的多種病痛，我實在是難以置信。心想「有無咁勁？」。當我一再細心了解，就完全明白她生意成功要素。

Rita 令我馬上想起行銷漏斗（Marketing funnel）。坊間有多種類型不同的行銷漏斗，但 1924 年，行銷專家 William H. Townsend 提出最基本及原始的行銷漏斗有 4 步 - AIDA：（1）Awareness（先要知道你存在），（2）Interest（產生興趣），（3）Desire（購買慾望）和（4）Action（購買行動）。

後來坊間不同專家都因應時勢改變，加多一步（5）Retention（留住客人重複消費），最終形成 AIDAR model，每個生意人都應該要學懂。

1 Awareness，客人先要知道你的存在：首先，你如何能夠令到目標客人知道你的存在？廣告？工作坊？拍片？朋友推薦計劃？以 Rita 為例，起初她先透過教授瑜珈等課程和客戶建立關係。Rita 自己慢慢地也對神經學很感興趣，繼而推出顱骶頭骨調整，為她的療癒之路開展新的一頁。當然，也不少得透過社交媒體在網上宣傳「事前、事後」的效果，令更多潛在顧客認識。

2 Interest，對你產生興趣：客人知道你的存在之後，如何會對你的產品或服務感到興趣呢？坊間有不同的品牌，但可能很多沒有光顧過。以 Rita 為例，她先以客人的推薦和口碑，以朋友介紹朋友，是最有效的建立 interest。

3 Desire，建立購買慾望：客人從「喜歡」（Liking）變成「想購買」（Wanting），如何讓他們想把你的貨物或服務放入「購物車」？例如舉行工作坊現場 sign up？推出限時特惠推廣？服務示範優惠？真實客人成功個案分享？好讓目標客戶更想成為下一個成功的個案。

4 Action，落實購買行動：最重要是讓客戶完成你希望他們做的指定動作：例如購買商品、預約服務、加入會員、參加課程等。值得注意的是以上 1（Awareness）、2（Interest）、3（Desire）步都是支出，只有第 4 步（Action）才會帶來收入。因此以上 1，2，3 的目的都是希望令顧客行多一步，踏入第 4 步，才能為公司帶來利潤。

5 Retention，留住客人重複消費：最後如果每個客人都只是光顧你一次，每次你都要尋找新的客人行足以上 4 步，你找新客源的成本就會很高。坊間一般認為尋找一個新客人的成本（cost of acquiring new customers）是昂貴過留住舊客人（retaining customers）的 5 倍。有效留住舊客人，公司可以更容易 upselling（追加銷售）、cross-selling（交叉銷售）及 referrals（介紹推薦客人身邊朋友）。你要考慮你的服務及產品「物超所值」之餘，也要建立「顧客忠誠計畫」（Customer Loyalty Program）留住顧客，落實顧客經營的行銷策略，讓品牌透過特殊回饋和激勵手法鼓勵顧客持續在你的公司消費。

　　Rita 的「11:11」近年默默耕耘，有效地重複完成以上行銷漏斗（Marketing Funnel）AIDAR 5 部曲。最強的就是 Rita 成功能夠令很多客戶願意推薦其他客戶，朋友介紹給朋友，令以上每一步都行得更快，完成整個市場行銷旅程。你的生意又如何帶領客戶完成以上 5 步呢？

以**實用射擊**
射中青年心 Double Tap

電影《槍王》中的張國榮,射擊英姿有型有格,絕對觸動少年們天生對槍的喜好,創辦「Double Tap」氣槍實用射擊中心的周子倫(Allan)就是一員。

畢業於社工系的他，更加結合氣槍的興趣與青年人的發展，瞄準無心向學的學生或流連街頭的反叛青年，協助他們拾起自信，快狠準地擊出另一片天空。Double Tap 的射擊鏢靶原來是在於「人心」。

初學者使用的氣槍，旁邊是計時器

新興運動實用射擊

大學時期修讀社工系的 Allan，非常喜歡社工的工作，覺得能夠協助有需要的人，將自己的力量貢獻。可惜後來因政府更改了聘用社工制度，Allan 選擇另謀出路。當時他想到自己因電影《槍王》而迷上的氣槍射擊以及 IPSC（實用射擊）運動，覺得年輕人也許會喜歡上氣槍

射擊，便開始推廣予青少年了解，也好能繼續發揮社工經驗。

IPSC 全名為 International Practical Shooting Confederation（國際實用射擊聯盟），它是一種結合了精準、力量和速度的射擊比賽，參加者需要在每次不同的獨特

初學者區域，容易體驗射中的感覺

使用的氣槍外形仿似真槍

計時用的射靶，被射中後計時器會停止

場景中，以不同的姿勢和位置射擊不同類型的射擊靶，模擬實際情境中的射擊需求。這種運動不止考驗參加者的射擊能力，更需要冷靜思考分析的能力、射擊速度、位置判斷甚至戰術運用。

IPSC 實用射擊的歷史可以追溯到五、六十年代，當時主要是美國軍警訓練師與射擊愛好者比賽，旨在提高實戰射擊技能。然而慢慢射擊運動開始普及，人們不再滿足於只是站著射靶。在八九十年代，IPSC 實用射擊開始讓全球的人所看見，至今已經有超過 100 個國家及地區設有分會，經常舉行地區及國際賽事。

Allan 從一開始以業餘性質，協助其他槍會做推廣工作，至 9 年前，全職創辦了「Double Tap」射擊槍會。以教授與指導 IPSC 運動、舉辦證書課程以及招收會員，以會費及月票練習形式收費。同時也會舉行一些小型比賽。Double Tap 作為一家槍會，提供合適的練習場地、有安全標準的規定、有定期的訓練時間、有符合賽規的比賽，讓有興趣人士不要想太多，只要來到便可以玩得開開心心。

年輕人的新喜好

Double Tap 現時亦是業界少數幾間全職 IPSC 槍會之一，Allan 全程投入，源於他一直協助其他槍會時，認為若需要更具靈活彈性，例如舉辦小型比賽，或派員參與國際認證的資格試、頒發證書等，他便需要一個較大的空間。創辦獨立全職的槍會，便能租用自己的地方，方便推廣 IPSC 予中、小學校或社區中心，也讓更多年輕人接觸到這項既刺激，又考驗反應與判斷力的運動。

當初開始推廣 IPSC 時，Allan 面對了不少阻力，特別是在約 10 年前剛開辦 Double Tap 的日子。Allan 記起當初向學校推廣 IPSC，常常遇到學校覺得槍擊危險，而且會令身體受傷而遭到拒絕。也許就如運動一樣，需要反覆練習、嘗試、不怕輸，才能有好結果。漸漸 Allan 遇上了一些開明的校長，在深入了解 IPSC 運動，知悉其實很安全，也對青少年有莫大效果後，便開始願意嘗試，讓 Allan 到校內給學生感受 IPSC 的魅力。

IPSC 是種充滿魅力的運動。學生拿著氣槍射擊，容易看到自己可以進步的地方。經過反覆練習，成果

進步自是可見，能為他們帶來莫大成功感。相比起打籃球、踢足球，有時練習久了難免會覺得沉悶。可是射擊槍械始終是新興運動，拿起槍枝的感覺亦威風非常，射擊快狠準的感覺亦有無限滿足，種種的優勢，令越來越多人愛上這新鮮玩意。近年香港亦曾舉辦大型國際比賽，IPSC運動開始增加曝光率，也對Allan推廣予學校或社區中心有所幫助。

如同所有運動一樣，若能讓年輕人有興趣投入，便能借此訓練他們。新一代的年輕人不容易與「大人」溝通，叛逆是他們的代名詞，更多的年輕人，非常需要建立自信，也需要一個渠道讓自己獲得成就感。當他們接觸到IPSC，除了那份「型」以外，所需要的是全神貫注，容易訓練出他們的專注力與抗逆能力。

興趣與共同話題，是成人與年輕人之間最需要共同建立的。社工出生的Allan，透過這把「槍」，得到了與年輕人溝通的機會，讓他們成長發揮所長，也感受良多。

射擊射進青年心

對於青少年參與IPSC，讓Allan印象最深刻的一次，是曾經有位年輕人初接觸IPSC時，總喜歡挑戰導師：「點解我要跟你嗰套？」滿滿是對導師的質疑與挑釁，甚至覺得導師認為他拿起氣槍就只會胡亂射擊，如一隻受傷的刺蝟。如果不懂面對，也許很多「大人」或導師，會認為孩子不聽話，會想將他趕出槍會，專注教一些「聽話」的孩子更好。然而Allan毋忘初心，這把槍，正正是連結兩人之間關係，教導青少年的好助手，所以他並沒有氣憤。反而運用他的社工輔導技巧，細心找出他的動機與需要，對症下藥，令他明白跟從他的指令，能夠得到他想要的結果。

慢慢青年人願意放下戒心，跟隨指引學習，成績亦有顯著進步，更曾在公開比賽獲得勝利。年輕人需要從自己手上，經由努力獲得肯定與成就感。如果有信任的人陪伴、支持、鼓勵，便能夠找到自己的天賦與路向。現時這位年輕人已經成為中心的其中一位導師，用自己經驗教導其他人。

IPSC對青少年的最大幫助，除了作為興趣培訓他們的抗逆能力及發展社交技巧之外，最大成效便是有助

場內設有多個不練靶區域

IPSC是公平競賽，勝負只看時間
及計算射中的數目及區域

尋找未來的職向。有時候年輕人的能力，不一定在學科中才能展現。

Allan 發現不少原本無心向學的學生，在玩過 IPSC 後，確實展現天賦潛能，不單在射擊過程中變得更加專注，並從中建立自信，從而幫助了學習。他見過一些學生，能夠在未經指導下，已懂得自行改槍、修理及研究槍械知識。也就是說他們其實有良好的機械工程天賦。現代教育常常提出 STEM 概念，希望

訓練出年輕人的科學興趣與能力，其實原來透過 IPSC 實用射擊，已經可以讓他們自行發展出興趣。

在 Allan 眼中，沒有無心向學的學生。大多數學生不喜歡讀書，甚至想去「學壞」，也只不過是未找到自己的定位，在學業當中缺乏滿足感與自信。如果有一種運動能激發他們的興趣，又能在練習後獲得良好成績，甚至引起他人的關注，自然會願意投入下去，也能夠訓練出他原有本自具足的才能天賦。

IPSC 作為一項運動，正正可以彌補正規教育中遺漏的某些東西。透過訓練，可以有助學生的成長。Allan 笑言，至少他們射擊肯定夠快夠準。

瞄準親子長者服務

走入學校或社區中心幫助中小學生的同時，Allan 亦主動成立以 15 歲或以下孩子為主的「青苗隊」，為他們提供更專業的培訓，讓孩子有能力參與國際賽事，親眼看一看外面的世界。

由於青苗隊針對年齡層較低，訓練時常有父母在場，便衍生出「親

Double Tap 會長周子倫（Allan）

子服務」。Allan 認為今天的家長安排子女參加興趣班，仍然都會關注其成績如何、是否具備潛能、課程有沒證書等等問題。有時子女在射擊上出錯，會怪責他們專注力不足，喜歡說「點解你會打唔中？」等打擊士氣的話。透過親子活動，家長能感受 IPSC 的射擊，了解實用射擊並不容易。家長往往親身感受過要記射靶位置，射擊目標等挑戰，了解孩子付出過幾多努力與所面對的難題，為親子關係帶來不少正面效果。

由於 IPSC 雖然是槍擊運動，但不似「War Game」，並不需要過多體力也不會擊痛任何人，Allan 還笑言，最重要是場地必然是冷氣開放，感覺更舒服，即使老人家也可玩得開心，所以 Double Tap 早前也開展了長者服務，讓退休後的老朋友也可對 IPSC 多加體驗。不過，Allan 笑言，長者來槍會更多是希望找人聊天，他指有位伯伯每次來到都會找他聊自己的故事，聊自己旅遊的體驗。

遺憾國際賽被取消

Double Tap 一路走下來也算是穩步發展，卻是在疫情中遇到挫折。先是因為疫情，2021 年本於俄羅斯索契舉辦的 IPSC 氣槍射擊世界錦標賽，因疫情而取消。此全球國際賽事在 2018 年在香港舉辦了第一屆，Double Tap 亦有組隊參加，本來希望能夠組隊到海外參與，卻未能如願。

而在疫情下，因為不能聚集，致使不少小組課程都未能進行，為令槍會繼續營運，只能將小組課程更改成為 2-3 人小組。幸好疫情復常後生意回復得八成左右。但近來流行「港人北上」，Double Tap 作為槍擊場又有沒有衝擊？所幸內地原來對槍擊仍存在不少限制，能夠開設槍擊場的地方不多。對香港人來說當然繼續留在 Double Tap 練槍會比較容易。

現在來到 Double Tap 的會員，年齡層從 8 歲到接近 80 歲也有，各自有他們的需要。有時候 Allan 作為導師還需要兼顧家長討論子女的品格、年輕人的學業、戀愛煩惱，亦要聆聽長者的往事。也許比社區中心還要容納更多「對象」。無他，也不改 Allan 當初想以 IPSC 做媒介，連結年輕人與社會的心。

IPSC，引發的不止是判斷力、速度與平衡，透過 Allan 與 Double Tap 的努力，瞄準了各皆層人士的人，以槍會友，享受交流。

Double Tap
地址：九龍新蒲崗七寶街3號
振發工廠大廈4樓H室
電話/WhatsApp：9674 0785

做獵人還是做農夫？

氣槍練靶場，令我想起是想做「獵人」或做「農夫」。

我曾分享我的《十大創業忠告》，其中的第六點，提到：「做生意要做農夫，不要做獵人」。做農夫就是每年每季每月都「重複性」有收成物。獵人就是今更即使打到十隻鹿，下次還有沒有這運氣，真的很難說，打獵往往是「餐搵餐食餐餐清」。

如何知道你是獵人還是農夫呢？每一次客人來光顧的時候，你要想想他會否明天就「消失」了。如果他只是光顧你一次，以後就不再回頭，你便是那個獵人，因為「獵物」只可以食一次。如果他是重複性購買，每星期，每月，每年都要給你錢，交月費，交會費，交管理費，分佣或抽成的話，那你便是那個農夫，因為那塊田地可以重複耕耘。

Allan 經營這氣槍練靶場，如果只是按客人每次收費支持營運，就是「獵人」。但如果能夠做到會員制度就已經足夠支付大部分的支出，就是「農夫」，因為會員的穩定性及重複性通常較高。

為求生存，起步時難免要做獵人，不然未有收成前就已經餓死了。但當你一邊打獵時，你就一定要慢慢地把生意變成農田，儘量有重複性收費。Allan 不斷招收會員，已經逐步步向農夫收成階段。

如何具體實現由「獵人」到「農夫」的過程

經營這個練靶場另外還有兩個難題。（1）在香港租金高昂環境下，尋找適合幾千呎以上的場地經營，負擔是很大。（2）氣槍練靶場的射擊練習，始終不是一個「必修科」，和一般補習班不同，那是 Pain Killer（止痛藥）：怕入讀不到大學，不能不參加。但氣槍射擊練習始終只是「vitamin」（維他命），「nice to have」，但可有可無。如果想做好「維他命」生意，可以考慮強化以下 3 點：

1 多舉辦活動和比賽

以 Allan 為例可定期舉辦 IPSC
（The International Practical
Shooting Confederation） 規格氣
槍射擊比賽或特別活動，吸引射擊
愛好者參加。這些活動不僅可以增
加收入，也能提高場地的知名度。
可以組織不同等級的比賽，如業餘
賽、專業賽、小童賽、校際賽或團
體賽，並可尋找贊助商提供獎品來
吸引參賽者。有了定期比賽，自然
有更多參加者更想到場地練習以取
得好成績。

2 提供專業指導和訓練

如 Allan 多聘請專業的射擊教練，為顧客提供專業的 IPSC 指導和訓練
課程，甚至提供證書。這不僅可以提高顧客的射擊技巧，還能提升他們的體
驗滿意度及客戶黏度。亦可以設立初學者班、高級班、證書班以及個人一對
一指導，滿足不同水平玩家的需求。

3 優化會員計劃

最後，可考慮提供各種優惠活動和會員計劃以吸引更廣泛顧客。例如，
可以設立首次體驗優惠、團體折扣、生日派對特惠等。同時，推出特別會員
計劃，讓顧客通過累積積分獲得更多福利，如免費體驗、氣槍講座、親子活
動、專屬優惠邀請等，這將有助於提升顧客的忠誠度和回頭率。

香港難得有一個特色的氣槍練靶場地，希望 Allan 加油和令更多香港
氣槍愛好者得益。

寵物護理咖啡廳
BOGU Pets Grooming & Coffee

香港愈來愈多人飼養寵物，甚至會視之為兒女看待。但原來香港也是一個對寵物並不友善的地方，尤其是對狗隻更為嚴苛，食環署有明文法例禁止狗隻在食物業處所內出現。

2024 年年頭才將店址搬至大坑西的 BOGU Pets Grooming & Coffee，特別將店面分為 Cafe 及護理店兩個部分，並且互不相通，友善地讓狗狗可享受護理服務的同時，狗主則可嘆著咖啡等待，又或一拼帶著小食與狗狗玩耍，樂也融融。

愛咖啡的三位狗主

三個女人走在一起或許會如俗語說是一個墟，但若再加上三隻狗狗便可能是一間 Cafe。這也是 BOGU Pets Grooming & Coffee 的源起。當初三位創辦人莫慧欣（Vivian）、奚文珊（Erica）及李蕙怡（Samantha）都是愛狗之人，也喜歡相約一起嘆咖啡，可惜香港並不是一個「寵物友善（Pet Friendly）」的地方，沒太多 Cafe 甚至食肆可容許狗隻進入，大多只能讓狗狗坐於店外。於是三位女狗主便忽發奇想，希望可以開一間 Cafe，既可供狗主及狗狗一起玩耍，又可以嘆咖啡，亦可以有些小食餵飼狗狗。而如果想帶狗狗去護理店洗澡、美容，往往在等候的一、兩個小時不是呆坐一邊就是無處可去，倒不如在 Cafe 內加設護理服務，並令其自成一角，如此一來，

狗主或寵物主可嘆咖啡，寵物可享受護理服務，又滿足法例要求，令 BOGU 真正做到 Pet Friendly 的理念及環境。

玻璃窗實現互動

Erica 表示，曾看到不少容許狗狗進入的餐廳食肆，都因為食物衛生條例遭其他食客投訴，甚至要出 IG 貼文聲明以後不准狗狗出現在食店室內及室外範圍，感到十分可惜。於是在構思 BOGU 時，特別在室內設計上花心思。在灣仔秀華街的舊店開始，已是將護理服務及 Cafe 空間以前後舖形式分開，但仍略顯不足，所以亦曾收到顧客投訴。搬至大坑西現址後，店面可供重新規劃，於是便將之一分為二，成為兩個互不相通的獨立空間，Cafe 的

坐在餐廳看著寵物接受護理的感覺也不錯

店內沖涼設備亦精心設計

旁邊是另一間護理店。兩間「店」則到處均以玻璃窗相隔，從 Cafe 看到護理店情況，方便寵物沖涼或接受其他護理服務時，主人可坐在 Cafe 範圍，看到整個過程，讓狗主安心。

護理店內除了護理室，還預留足夠的活動空間，可供寵物活動，即使大如伯恩山犬，也能夠容納。普遍寵物主人來到 BOGU，一般都不會坐在 Cafe 店內，而選擇在護理店陪寵物玩耍。不過為滿足法例要求，若然寵物主人希望跟寵物一起進食，則只可在 Cafe 叫「外賣」，再步出 Cafe，繞過街角從護理店入口進內，陪著牠們在活動空間一起吃。雖然略為麻煩，但普遍來到 BOGU 的寵物主人也都沒所謂，可否陪貓狗玩耍才是重要。在大坑開業的幾個月，便曾出現過不少情況是，顧客首次光顧 BOGU 並得知它是寵物 Cafe，隔一兩天便帶上寵物再光顧。

專門供狗狗食用

有給寵物食用的「外賣」，BOGU 提供的自然是寵物吃喝的飲食，不過三位創辦人都是愛狗之人，揀選食物或飲品都偏向狗狗喜歡，又健康安全的狗食為主。特別是當中一款極受歡迎的狗仔蛋糕，以西蘭花、薯仔、雞肉等適合狗隻食用又營養豐富的材料製作，外形上則畫上可愛狗臉圖案，難怪狗狗們會喜歡。BOGU 還專門引進一款只供狗仔 BB 飲用的牛奶，它與一般牛奶的分別，在於配方上只含 A2

蛋白質，而不含令狗隻敏感的 A1 蛋白質，狗仔 BB 飲用後可健康成長也不會腸胃不適。Erica 笑言，她們更會用這款牛奶為狗狗製作 Cappuccino。

狗店主不在了

三位創辦人都是愛狗之人，Vivian 有意開立 BOGU，也是希望讓自己的歌姬犬「肥腿」可以有個走動的地方。可惜，在搬至大坑店址後一個月左右，肥腿因為腦部生了腫瘤，年僅 7 歲便離開了，令 Vivian 十分傷心。而由於肥腿從前經常在店內跑來跑去，又會向人撒嬌及要求小食，所以不少熟客都會與牠相熟。在牠離去後，部分熟客初時不知肥腿走了，還會問：「那隻歌姬呢？很久沒見牠了？」情況更是顯得傷感。在此，祈願肥腿在另一個世界繼續活活潑潑的跑來跑去。

領養寵物優惠九折

BOGU 無容置疑是一間營利的寵物 Cafe 及護理店。不過，Pet Friendly 的理念也顯得它對寵物的愛心，所以不定期的周末或周日，店內都會與不同機構合辦「領養

戶外地方亦寫意

BOGU 的名字取自最初兩位創辦人
狗狗名字 BOBA 及 MORU 合拼

飲品由咖啡調製，狗爪拉花極別緻

日」，不限客人，但凡路經 BOGU 都可以看一看有沒有喜歡的寵物，當刻即可領養。此外，帶同寵物來光顧 BOGU 的寵物主人，只需説出寵物是領養回來的，也不限是否從 BOGU「領養日」領養，便可全單九折。問及 Erica 如何證明，她輕描淡寫的説道：「講個信字！」之所以有這個優惠，Erica 表示，疫情後有太多棄養寵物出現，所以希望鼓勵更多人可再給牠們一個家吧！

疫後反現經營淡靜

若連同灣仔舊店計算在內，BOGU 於 2022 年成立，正是疫情的高峰期。但原來對於經營 Cafe 尤其是以寵物作招徠的 Cafe 倒變得有利。Erica 表示，疫情期間是多了不少寵物主人，估計是當時禁止外遊，不少人希望身邊能有個伴，紛紛開始養寵物。此外，由於當時社會鼓勵在家工作，變相地更多上班族顧客希望光顧 Cafe 以求休息放鬆，再繼續工作，因而疫情期間，經營狀況算是理想。反之，復常後，「在家工作」的顧客有所流失，再加上多了外遊機會，Cafe 平日生意確實變得淡靜。不過，Erica 亦指情況也是對 Cafe 較大影響，護理店則落差不大。事實上，周末、周日還是有不少顧客帶上自己的寵物光顧，再加上大坑獨有的氛圍，Cafe 會經常滿座。

香港亦可以 Pet Friendly

BOGU 雖然是間寵物 Cafe 或護理店，但當然也會接待沒飼養寵物的顧客。而每每他們隔著玻璃窗看到隔壁有著一些狗狗時，都不會有抗拒情緒，甚至看到狗主們與自己的狗狗玩得開心，還會主動走過去摸摸狗狗，以及和牠們打卡影相。Erica 坦言，她們幾位創辦人都會明白，社會上的確有部分人對狗隻存在懼怕心理，又或因為較少接觸而總以為牠們兇惡。但時至今日的寵物乃至寵物主人都有所轉變，即使狗狗看到同場其他狗狗而吠叫，狗

狗狗在護理店範圍可隨意走動

Café以家的感覺為設計概念

主們也懂得處理，務求不會影響到其他人。Erica 更指，護理店的木椅都會放有坐墊，狗主們都會自備毛巾讓狗狗趴坐，甚至會主動清理排泄物，避免弄髒，極為負責任。所以，BOGU 創辦的背後理念，還藏著一份期望：透過特別的室內環境，令沒有飼養寵物經驗的顧客，可以因為看見人與狗的友善相處，從而對狗狗乃至寵物有所改觀，慢慢地形成一種風氣，讓香港可以變成一個Pet Friendly 的地方。

BOGU Pets Grooming & Coffee
地址：大坑施弼街12-13號地舖
電話：5726 6757

藍海策略下突圍而出

訪問 Vivian 令我第一時間想起 Blue Ocean Strategy（藍海策略）的兩大策略，complementary services（互補性服務）and emotional appeal（情感性吸引力）。

《藍海策略》是由韓國學者 W. Chan Kim 和法國學者 Renée Mauborgne 共同著作，於 2005 年出版的一本經濟學暢銷書。紅海策略是在現有市場上與競爭對手進行直接競爭，藍海策略則是通過創造新的市場空間來避免直接競爭，「做大個餅」來賺錢。

藍海策略的核心理念是通過創造價值和創新來擴大市場需求，同時降低成本。這種策略的目的是找到未被開發或被忽視的市場機會，以提供獨特的價值主張，從而吸引非傳統的顧客群體。

藍海策略的成功案例包括 Nintendo Wii 遊戲機和 Cirque du Soleil 劇團。Nintendo Wii 通過創新的遊戲方式和簡單易用的控制器，吸引了非傳統的遊戲玩家，打開了新的市場需求。Cirque du Soleil 通過將傳統馬戲表演與劇場和音樂元素相結合，創造了一種全新的娛樂體驗，吸引了更廣泛的觀眾。

藍海策略下的 Bogu Groom and Coffee

Bogu Groom and Coffee 也好像以上兩個案例一樣，從另外兩個層面應用了藍海策略。

1 成功把 cafe 變成 pet grooming（寵物美容）的互補服務（complementary services）

做生意懂得要分開什麼是主，什麼是副。好明顯 Bogu 的「主」是寵物美容，利錢較高、金額較大，只要做好美容師的人事管理，成本也較低。

「副」就是 cafe，可以視作為寵物美容的互補服務，好讓人客在放下貓狗之後，有一個休閒時間和空間等候接送它們。

好像外國的 IKEA 傢俬店，空間較大，在店內入口位置一般都有一個免費的 Child Care Centre（在英國叫做 Småland），每次 45 分鐘免費，好讓家長能夠放下子女就可以有近一小時休閒的時間，自然會在店內去逛一下，買一些家居用品，因為有了 Småland，IKEA 近年的生意額就大幅上升了。Småland 就是 IKEA 的 complimentary service 互補服務。

Bogu 的 cafe 也是同樣道理。有了 cafe 會吸引更多寵物主人帶同寵物來美容：寵物一邊做美容、主人一邊享受 cafe 的休閒時間。如果沒有了 café，Bogu 就和其他寵物美容店舖沒有分別，只能競爭美容師的服務質素或「鬥平」價錢。

2 成功把 emotion（情感）注入寵物美容，透過製造一個休閒空間，好讓寵物主人和正在接受美容的寵物建立更親密關係。

情感吸引力（emotional appeal）是指通過情感和情感聯繫來吸引顧客。它關注的是顧客的情感需求和情感響應。例如建立品牌故事和價值觀、觸動客人的情感設計或更個性化服務。通過情感聯繫能夠成功吸引顧客的話，自然他們不會太計較價錢。

Bogu 成功把 cafe 空間，變成主人和寵物建立情感關係的地方。既有舒適空間活動，也有適合寵物營養的食品享用。不單止是寵物美容，而是一個「聚腳點」，好讓主人和寵物之間建立獨有的感情。情感是無價的，Bogu 也藉著這一點成功殺出藍海，「做大個餅」。

藍地墟上士多
三代情
木山士多

香港的圍村文化，成就了香港漂亮的一角。

新界地區特別是元朗、屯門的一帶，仍然有不少圍村。香港的特殊歷史下，「村屋」成為了獨特的居住選擇。可是連帶著舊市墟的圍村村屋愈來愈少見。位於屯門藍地的藍地大街，還保存著70年代的特色墟市。那裡還有一家小店，門外總坐著一位伯伯。從以前守著殘殘舊舊的文具店，見證著每個年代的學生對文具需求的變遷；到現在交託到女兒手上，搖身一變成為新式士多，售賣特色凍肉食品酒糧。連繫三代的小店，滿滿的圍村原居民情懷，以及盼父母有寄託的心意。

藍地大街舊墟市

當乘車從藍地到元朗，沿青山公路駛去，經過嶺南大學後，會看到很多圍村牌坊的一段路，那裡是青山公路的藍地段。整段路滿是舊時香港「屋苑」：圍村，並有曾經是村內聚集地的墟市，建立藍地村內，人稱「藍地大街」。

走進藍地大街，傳統的市集模樣。開設的都是民生小店：糧油舖、雜貨店、生果店、理髮店，還有掛滿了小包零食在店外的獨立舊式超級市場等等。走進大街上，人彷彿時光倒流了幾十年。

陶氏三代情

這裡是屯門藍地，又名永安村，是屯門最早開發的地區之一。藍地屬於本地圍村，主要是原居民陶姓子孫居住。陶氏為了與其他村民進行買賣，便在藍地大街設置墟市，成為附近村莊的重要集散地。時至今日，圍村依舊不少，圍村墟市已在多年前早就拆遷重建，大多都變成了商場與高樓大廈。唯有藍地大街仍然保有完整墟市模樣，留存了屬於香港獨有的一片風光。

大街上的木山士多，由地道的陶姓藍地原居民經營。Dorothy 爺爺的年代已在此地經營，到爸爸經營著售賣文具、玩具。「木山士多」的大招牌上，刻著「Since 1970」，50 多年的時光，記著一代又一代的堅持，如樹木、如大山。

上一代人就是這樣，堅守著前舖後居的小店，辛辛苦苦捱一輩子，只為子女成才。舊時的木山士多，雖叫士多，卻比較像是一家玩具

藍地大街是傳統舊式圍村墟市

文具店。門口掛著琳琅滿目的小玩具、走進去是不同的文具，售賣的是為附近讀書學生帶來的方便。

舊式小店，沒有冷氣、沒有潔淨裝修，卻有老店家看著一個個青蔥歲月的學生，放學時走過來買文具、抽抽獎，夾集著玩玩具的快樂與做功課的哀愁。Dorothy 的整個學生年代也在這小店中度過，對她來說，小店就是家。小時候功課沒那麼忙，哥哥姐姐都忙著上學趕學業時，她都在店裡幫忙；到年紀稍大上中學，放學回家前必然會到店內「報到」，好讓父母安心。一家人的三餐，主要聚在店舖後居式的小房間完成。Dorothy 小時候，圍村是家，小店是家。看著父母守著小店，守著家。

時代靜悄悄地改變，當日會來買玩具、文具的小伙子已長大遷離；新一代的孩子都不再需要紙筆墨硯，改用平板電腦，孩子改玩「電子奶嘴」。店內的陶爸爸亦成了白髮老人。唯一不變的，是仍然堅持天天如是守著老店。至 2010 年代，陶爸爸仍每天早上 7 時開店，晚上 6 時左右關門。年紀大了，仍保持 7 時開店，中午午睡關門一陣子，繼續開店到傍晚 6 時。開店也許只為寄託，市場對於文具、玩具的需要愈來愈少，生意亦一年比一年淡靜。

疫情是轉變契機

2020 年，疫情是契機。從事金融與移民工作的小女兒 Dorothy 因疫情比較空閒。回家看著父母每天堅持開店，店內卻染有歲月痕跡的殘舊，以及沒有冷氣的侷促。Dorothy 想著不如翻新老店，讓父母也舒服一點，亦在疫情下尋找更多機會。

起初說要翻新小店，轉賣其他產品，老父母自是不願意。守著店面一輩子，陶爸爸堅忍走到了今

從前的木山士多「*註」

店內仍保留著舊時小店痕跡

141

木山士多是爸爸的心血，現在也是 Dorothy 的心血

天，要轉變實在不易。而且 Dorothy 沒有零售經驗，專業都在服務業範疇，擔心也正常。可是 Dorothy 認為店舖若繼續不作改變，最終只會被社會淘汰，小店雖好，卻得讓父母在大熱天時的悶焗的空間裡看店，亦不忍心。而且文具生意早已不復當年，不如多作嘗試，爭取機會。幾經爭取，亦也許父母看到了 Dorothy 的孝心，同意了她將木山士多轉型。

現在的木山士多

留有招牌保留情懷

疫情忽然到來，令所有香港人措手不及。不少人只能各出奇謀，發揮香港人逆境自強的精神，還有細緻觀察，思考環境需要的洞悉力。由於地理位置不會改變，Dorothy 思考著應該如何好好運用小店的優勢。她發現小店雖身處圍村內，平常都是老街坊，偶然有些行山客和文青打卡聚會，似乎人流不會太多。但劣勢也可以同時是優點：正是因為在圍村內，居民住在村屋，住屋壓力比市區小，也代表著他們能花錢在追求生活品味上。墟市多是舊店舖，主要做民生生意，居民想找一些質量較好的食品、生活產品，都需要到屯門或元朗市中心，甚為不便，所以她選擇轉型為優質的中價食品士多。

決定了轉型方向，Dorothy 著手執拾這個養育她的地方，Dorothy 和家人花了一個月才清理好店面，將舊有的文具轉贈給有需要人士，同時思考如何重新裝修。因為正值疫情之時，剛開始仍需要保留實力。她選擇自己設計店面，分拆裝修工序以降低成本。

這個店面滿載了一家人的溫馨回憶，也是時代的見證，Dorothy 希望能盡可能保留舊物，讓回憶能夠有所憑證。例如店中的招牌大字就是她刻意保留下來。年紀漸大，記憶力開始逐漸衰退的陶爸爸，即使小店新裝修後，仍能看到這個招牌，仍然記得這是他守了一輩子的店。

再遇逆境迎難而上

開店數年，木山士多轉型後亦能擁有不錯成績。受惠於疫情下人們都愛在家煮食，亦對生活品味的食品有要求。Dorothy看準市場，推出了優質的牛扒、美食，亦搜羅不同的酒類、零食等等，市場反應實在不錯。從前沒有經營過零售行業，Dorothy重新出發，挨家挨戶地選擇與洽商供應商，她亦希望能令香港品牌有更多人看見，會主動找不少香港品牌合作。亦有加入會員制、與不同的香港小店 Crossover、舉辦團購等，都讓木山士多漸漸上軌道。

以為疫情是難關，誰知復常後，才是真正的挑戰。疫情復常的這一年，木山士多的生意大受打擊。市民在通關後不斷外遊，鄰近關口的地理位置，也使得居民有空便上深圳消遣聚會。居民不煮食，也開始少買零食酒類，生意大受影響。而且香港人太喜歡新鮮感，貨品種類過了一段時間，便開始會覺得沉悶，需要不停更新。再加上售賣食品門檻不算低，大街上開始出現同類小店競爭，種種困難都令Dorothy挺頭痛。

貼心的會員制優惠，
增加顧客回頭率

Dorothy 認為，只有持續創新，小店才能突破困境。因應時代趨勢，港人減少在家煮食，喜歡北上。她開始多揀選國內無法取代的食品，例如特別的酒款、海外特色商品，也會與不同店家合作推出簡易餸包、糖水以及麵包等。了解附近的居民需要，從而調整腳步。

未來她亦開始思考，看準了整個藍地附近的村屋，也同樣缺乏店舖，甚至網上超市也只能送上門口。因為村屋是個獨特的地段，單是門牌號碼對外人來說已不容易理解。她期望能找到相熟村屋的送貨合作方合作，既方便附近居民，也為自己開拓他人做不了的市場。

閒坐店外人情仍在

木山士多的對象主要是村內或附近居民，儼如當初陶爺爺為

村內、附近村莊的人提供商品；交到陶爸爸手上，為附近居住、上學的孩子、附近學校提供價值；到Dorothy手上此刻仍然為附近居民提供價值。

　　圍村濃厚的人情依舊未減。附近居民總愛來買東西時，會閒聊幾句。舊居民回村探望親友，看到陶爸爸坐在門外休憩，會說著舊時。Dorothy希望木山士多不止是一家店舖，更可以是社區的一個落腳處，如同當年我們小時候，會走到村內小店，聽著三兩師奶閒話家常。社鄰風光，不應只有現代的冷漠。時代再變遷，人的心與情，仍舊可以很溫暖。

士多售賣的產品，也是挨家挨戶地搜羅

木山士多
地址：香港屯門藍地大街19號
電話：9704 1839
FB/IG: woodenhillstore

*註 相片來源：鳴謝嶺南大學賽馬會「關愛。服務。研習@屯門」計劃

做生意要三個大

我覺得 Dorothy 這個「木山士多」的生意，可以說是易做，亦可以說是難做。

易：因為入行容易。 尤其是疫情期間的 3 年，每個香港人都留在家，網購消費及用餐，對冰鮮食材需求自然上升，創業者只要上網搜尋「香港冰鮮食材供應商」，很容易就找到一間類似「士多」的網上百貨店。Barrier of Entry（進入壁壘）很低。 水漲船高，只要每個人都繼續留在家用餐，冰鮮食材生意必定暢旺。 因為市場需求大，利錢自然高，每一間都賺到錢。

難：亦因為「進入壁壘」低， 如果疫情後的市場收縮，那競爭的激烈市場環境就會把利潤大幅度拉低， 到時結業潮難免會出現。

父親教我，做生意必須要有三個「大」。（1）金額大，或（2）利錢大，或（3）數量大。

1 金額大：每件貨品交易金價達到數十或數百萬元以上，例如樓舖或飛機大炮。

2 利錢大：毛利率利潤能夠達到 50% 以上。每做 100 元的生意，能賺到 50 元以上。例如名牌手袋或經紀、顧問、醫生等無本生利的生意。

3 數量大：就是「蟻多摟死象」，積少成多。雖然金額只是數十元，但每次數量都能賣到數百，甚至數千件。

我經常説「先選行業，後想做法」！如果能做到在行業內都是「大大大」：金額大，利錢大，數量大，那你發財的機會就是最高！ 即使只有一樣大，都可以，因為做好一招就已經夠發達。 但如果三個範疇都是「細細細」，那就

要好小心了。 那可能是在「乞衣兜度搶飯食」，全行業都難做！

做「士多」，最大的問題就是三個範疇都可能是「細細細」。 每件貨物交易金額平均數十元，利錢（毛利）只是約兩到三成， 唯一可能做大的就是數量。 因此必須要加入大量分店、網上平台、或團購才能做到數量大。

幸運的是「木山士多」有三大 Unfair Advantage（不平等優勢），它的競爭對手是很難在短時間內抄襲。

1 木山士多自 1970 年起，已經在屯門藍地經營，到現在已是第三代人。
他們姓陶，整個街道的人也是這個姓氏。因此更加容易贏得附近居民的信任。 新來的外來競爭者，自然難以在短時間內與當地人建立互信的關係。這是其一。

2 他們自置商舖的位置，正是屯門藍地大街的最中心位置。地利優勢及自置物業的延續性，新競爭對手很難抄襲。

3 過去幾年，他們已累積了 3,000 多個登記會員。好多都是忠實「擁躉」，已光顧多年。只要能繼續留住這些客人，生意自然長做長有。

留意到「木山士多」也有做大量團購，令更多的客人，以更低的成本，購入更新鮮的貨物種類。只要「木山士多」能夠專注做好這 3,000 多位會員的客戶管理（Customer Relationship Management）的 4 步曲：
    1. Marketing：設計宣傳計劃吸引顧客消費
    2. Sales：接觸到客人的銷售方式及付款方法
    3. Order：有效跟進下單的流程及準時送貨到客人手中
    4. Support：售後服務及支援

如果能做好以上 4 步曲的話，即使只有一間店舖，都應該能夠有效地「以小博大」，做大數量！有盈利地延續「木山士多」至百年的故事。

重視熟客感受
代購韓國物品
GIN Boutique

與 GIN Boutique 兩位創辦人曾筱婷（Stephy）及王偉（Carlos）傾談，聽得最多是「熟客」二字，也感受到他們對待熟客有如朋友般的態度，不單來到店內購物時會「傾吓偈」，很多時候還會透過網上談天說地，關係很親密。更為有趣的是，Stephy 及 Carlos 的一些商業決定，還會顧及到他們的感受，極為窩心。

社交媒體建熟客群

女孩子或多或少都夢想擁有一間時裝服飾店舖，Stephy 坦言自己也不例外。為了圓夢，2010 年初她選址在葵涌廣場租用一個 80 呎舖位，創立 GIN Boutique，專營自己喜歡的韓國潮流時裝。開店之初，Stephy 已決定了自己的營商路向，就是要建立一群自己的熟客。時值 2010 年，連 Facebook 等社交媒體仍然未算大行其道，Stephy 與 Carlos 便已經開始在 Facebook 專頁分享服飾資訊，還會逐一拜託每個客戶多加關注，更會索要他們的 Facebook 聯繫資料，務求增加彼此的互動，更快儲得一批熟客，成為第一代的社群營銷的先鋒。

現今智能手機普及，通訊軟件發達，人的交流通訊變得直接快速，也掀起了一場營銷時代的革命。有

GIN 代表「Get It Now」

一種營銷方式，隨互聯網年代及智能手機面世而誕生，那便是「社群營銷」。

從初期 1990 年代的電郵、電視營銷，至 2000 年代互聯網興起，至 2010 年代，Facebook 等社交平台受到全球市民使用，從 8 歲到 80 歲的年齡層亦廣及。用家會長期關注這些社交媒體平台，分享自己的生活，也了解朋友之間的生活。同時平台上亦可建立共同興趣喜好的群組，創造出新一代的網上營銷商機。

而 Stephy 與 Carlos 便正是乘著這波熱潮，建立韓國時裝群組，在一些群組內發放有關的興趣知識，亦與群組內的成員交流資訊。適時發放不同的優惠，讓客人成為熟客，客人在購買貨品時，更加獲得了附加的情感價值。當時香港的時裝行業開始走下坡，進入夕陽，從長沙灣、香港工業中心一帶，世界各地都搶著來香港入貨的時代，慢慢地因互聯網的發達與工業北移而走向夕陽，誰料到 GIN Boutique 一樣的網上網下（O2O, Online to Offline）正是殺出了新方向。

韓潮大爆發搶潮流

GIN Boutique 開業兩三年後，隨著韓劇熱潮爆發，例如 2013 年《來自星星的你》的熱播，引爆韓流襲港。客人開始不只需求韓國時裝，連帶韓國的其他產品都有需求。Stephy 及 Carlos 二人也乘著到韓國入貨之便，逐漸帶更多韓國貨品回港，讓熟客可以有更多選擇，他們還因為不少客戶對韓國小食愈來愈感興趣，特別將租用的 3 連舖，間出一間舖專營韓國食品，承接了韓風的浪潮。

Carlos 經常留意韓國有什麼新產品出現，適合香港顧客都會引入

十多年下來，貨品種類已不限於衣物，
現時另一受歡迎的是護膚品

GIN 不會積存太多貨量，一般都是已有
顧客訂購，所以就地擺放各種紙箱，方
便領取

2014 年底，韓國出現一款蜂蜜牛油薯片，因為受不少韓星追捧，香港也出現搶購潮至「超癲」炒價。當時 Carlos 為照顧熟客們興趣，不惜以數倍價錢入手一大批薯片，薯片的紙箱堆滿了整個店面門口，又火速全清，實在難忘。Stephy 笑說

還記得當時基本上是將薯片拆開了，便立即被搶走，入貨多少也難以有存貨出現。能夠為客人爭取到他們想要的，也是種成就，帶給 Carlos 和 Stephy 很大的滿足感。至於旁人以為他們賺很多，其實因為以炒價來貨，兩人也只不過是薄利多銷的心態出售，只求熟客喜歡。

率先發掘韓國潮物

香港人一年去幾次旅行，韓國更是熱門首選。不少人疑惑為何韓

Stephy 主力負責直播介紹新產品

國產品代購在香港仍有市場？何不親自到韓國購買？這仗賴於 Carlos 的眼光。多年來，Carlos 的先知先覺，總能早在香港興起前，已經為客戶帶來火爆新興潮物。客戶能夠不用飛走，也能買到新奇有趣的潮流產品，這些也是 GIN Boutique 帶給客戶的重要體驗。

而曾經有熟客親往韓國入貨，但由於販售點主要是批發市場，較難只購買零售貨品之餘，招呼態度也欠奉，不會是舒適的購物體驗，最後普遍熟客還是選擇 GIN Boutique。Stephy 還笑指，很多熟客到韓國旅行，會選擇不購買手信，

隨著 GIN 名氣上升，也吸引其他直播主相談合作

一來不用拖著沉重行李箱，可玩得更輕鬆開心，二來還可讓行李箱有更多空間存放自己的戰利品；返港後，才再到他們店裡，選韓國製臉膜、小食等等，充當手信送給親友。

疫情衝擊 截停擴充

擁有一批熟客，Facebook 追隨者也有 9 萬多，店面也由最初的 80 呎轉為三連大舖，一切穩步發展下，Stephy 及 Carlos 也有意再擴充。也選好了葵涌廣場另一個更大舖面，卻遇上新冠疫情來襲。原先，二人還樂觀地以為疫情很快過去，所以繼續商談新店租約，但就在簽妥合約後不到一周，全港感染個案在幾天內以幾何倍數增長，二人才感覺事態不妙，經過再三商議後，判斷商場在接下來一段日子人流必然大跌；加上考慮到同事面對面接待客戶的沉重心理壓力，於是最終寧願蝕蝕近 20 萬按金及上期，也決定與業主協議退租。

直播帶貨先鋒

不幸中之大幸的是，他們在早期便經營 Facebook，也有涉獵網上銷售，雖然比例僅佔生意額的兩成

左右，但累積下來的經驗，以至營運購物網站及支付系統暢順等等，都讓他們短時間內便將生意模式轉型到網上運作。最重要是，普遍熟客早已習慣在網上傾談，不需要太多時間適應，極速轉型成功。

塞翁失馬焉知非福，隨著轉型網上購物，二人源於希望與熟客保持互動，介紹更多新產品的目的，開始擁觸全港還是不太熟悉的「直播帶貨」銷售方式，成功闖出一片天。Carlos 笑言，那時面對疫情，沒能面對面接觸客戶，所以才把心一橫作出嘗試直播帶貨，幸好是效果不錯，客戶也都滿意。他們算是比較早開始直播帶貨，幾年累積下來，現時已有一定知名度，使得近年來也有不少大品牌有意與他們合作。

保留樓上店予熟客

轉型網上生意及直播帶貨極其成功，生意額亦由從前佔整體兩成，轉變為八成以上。疫情過後，他們發現時代與客人的購買方式亦已轉變，實體店的功能愈來愈低，開始將實體店退場，僅保留尖沙咀及荔枝角各有一間樓上舘。

撤出葵涌廣場，熟客們當然顯得不捨，說到底也在這個地方長達10年以上，習慣了過來閒聊談天，這也是 GIN Boutique 還保留樓上舖的原因。實在很多熟客都是由開業至今 10 多年已認識，可稱得上是熟朋友，所以顧及他們的感受，保留了實體店以作為一個類似聚會地方，好讓他們可放工後前來輕鬆「傾吓偈」。始終他們是販售服飾，即使客戶如何習慣網上買衣服，能希望有一個地方可以讓他們試穿和觀看效果，客戶會更滿意。

創自家設計品牌

GIN Boutique 除了帶給 Stephy 生意，為自己圓了一個時裝店夢外。她亦因著 GIN Boutique 的穩定發展與熟客群支持，圓滿了自己另一個夢：品牌設計。

GIN Boutique 的兩位創辦人王偉（Carlos）及曾筱婷（Stephy）

GIN 自家公仔T-恤，很受顧客歡迎

時裝，曾經是香港的命脈。在 1990 年代曾經是時尚之都，整整一條長沙灣道都是時裝批發，全世界的買手來到香港「買辦」，將香港的設計暢銷至世界各地。可惜 1997 年金融風暴後，時裝行業逐漸式微，新興的日裝、韓裝開始大行其道。同樣，往時的實體店購物體驗，至 2010 年代 O2O 線上、線下購物習慣變成主流，到今天社群營銷才是主力，一切都在改變。不變的，是香港人敢於接納任何挑戰，敢於面對改變的心，只要堅持，夢仍然會實現。

修讀設計的 Stephy，近年開始建立起自己的服飾品牌「GIN」。服裝由 Stephy 親自設計，主打從布料到車工等完全韓國製造。初時僅是每隔幾個月才設計一兩款，為熟客提供不同選擇。逐漸受歡迎後，現時更聘請專業設計師，每個月定期新推出一至兩款，作為固定商品出售。

一如 Stephy 從 GIN Boutique 的小店得到熟客與滿足、Carlos 的品味仍幫助到熟客走在潮流更前。再到自家品牌 GIN 的建立，繼續用另一個形式，將自己的天賦、能力與夢想，一一實踐。

GIN Boutique
地址：尖沙咀加連威老道30A 一樓/
荔枝角香港工業中心C座4樓C9室
FB: ginboutiquehk

線上線下結合經營優勢

今時今日純粹靠人流經過你的店舖去做生意可説「已過時」。店舖必須 Online and Offline（線上及線下）結合經營。通過在線平台吸引客戶，線上交易或引導他們到實體門店進行交易或服務。

GIN Boutique 店主親身往韓國採購流行服飾及日常用品，現已伸展至日本、馬來西亞等地現場直播，正是結合了 Online and Offline。這種直播帶貨有 5 大優勢：

1 正所謂「送貨如送米，收數如乞米」。做生意最怕的就是四處都是「應收未收」的帳款。零售的好處是顧客「一手交錢，一手交貨」，沒有「街數」。直播帶貨更好，就是「先收未來錢」。顧客下單付費後，公司才一次過進貨，有錢才去買貨，無需砸貨，大大增強公司現金流。

2 直播能降低店舖的區域限制。顧客不用親自到門市就能瞭解產品細節，網上能接觸廣大潛在顧客，有利於拓展本地及海外市場，迅速壯大客群，7x24 小時都能做到。

3 直播較容易聚集客流：觀眾簡單分享直播連結給親友就能聚集人流，而直播間動輒能容納過千人同時觀看，沒有實體店面的空間限制。

4 直播基本是零成本的品牌宣傳：社交媒體及直播間的高互動性，有問有答，都能加快品牌宣傳速度，讓受眾更快認識你。

5 直播較容易製造羊群心態「搶貨」消費：Hungry selling! 觀眾容易受直播氛圍感染，在人人「+1」的情況下，很容易就跟著下單搶貨。

直番帶貨三大要素

而要做好直播帶貨，三大要素「人、貨、場」是靈魂所在。Gin Boutique 的成功，盡顯了直播帶貨的 5 大優勢，還能夠好好結合「人、貨、場的因素」。Online and Offline 以直播

結合得淋漓盡致才能成為今日的「逆市奇葩」。

人：必須要具有高影響力、銷售力的「人」

直播帶貨是「人對人」的生意。主播必需要有「觀眾緣」，要得到觀眾的高度信任，又熟讀產品，再配合風趣幽默的談吐。如果能夠像 Gin Boutique，老闆夫妻二人親自帶貨，客戶信任度必定是最高的。

貨：必須具足夠吸引力的「貨」

Garbage in, garbage out（垃圾進，垃圾出），無論主播如何懂得推銷，如果貨品本身是「垃圾」，最終結果都是「垃圾」—沒有回頭客。因此本身貨品必須有市場競爭力。找到「靚貨」，再於直播前先瞭解觀眾的需要甚麼，從而善用故事包裝，就能提升觀眾的購買慾望，最後再配合促銷活動，以及強烈的行動呼籲，粉絲就更易按下加入購物車的按鈕。

場：「場」要設備準備充足及地點夠吸引

展示貨品時的燈光度、收音清晰度、網絡的穩定性、專業的直播設備會直接影響觀眾的參與度。萬一直播途中出現技術問題，觀眾定會流失。直播地點也很重要。如 Gin Boutique 親身在馬來西亞，一邊開榴槤一邊做直播榴槤帶貨，場地的真實感是無可替代，大大提升觀眾的娛樂性及購買意欲。

總之，萬事起頭難。坐在店內等人流來光顧，在現今競爭激烈的社會，只是死路一條。值得想想如何 Online and Offline 協助你的生意。

彈床教練
創健康社群
Fitness Expert Studio

肥胖，可以說是很多愛美麗、愛打扮女士的頭號敵人，
肥胖的人常常會遭到外界揶揄，在人氣網上論壇，都不難
搜索到《肥是原罪》這一篇潮文。

在當代社會的審美標準催化之下，肥胖漸漸變成一種「罪」，也成為無數女生的夢魘。Bobo 為了健康，也為了自信，將彈床運動帶回香港，建立 Fitness Expert Studio，宣揚「身心彈住健康」文化。

金象寶變成活潑寶

Fitness Expert Studio 創辦人 Bobo，自小就被「肥」這個夢魘纏繞。雖然她追求美麗動人的外表，可是偏偏因為自己肉地身型，一直被同學朋友嘲笑，甚至改了「肥寶」、「金象寶」等花名來戲謔她。

更不幸的是，Bobo 身邊好友閨蜜都是身形瘦削的女生，無形之中使她更加自卑，在讀書時期不敢求偶，也被「外貌協會」的男生 Friend Zone 了，感覺就像永遠的綠葉，默默為身邊好友作陪襯。

當自信一而再、再而三被摧殘，Bobo 放棄了僅有的自尊，絲毫不節制飲食，也完全不做運動，每天不斷吃零食以及飲珍珠奶茶，加上面對中學公開試的壓力，身高僅 153 厘米的 Bobo，體重曾高達 150 磅。那時候的 Bobo，雖然明知道肥胖身型是會嚴重影響人們對她的觀感，

Bobo從「金象寶」蛻變「活潑寶」

也無任何動力減重，這種渾渾噩噩的狀態維持很長時間。直到身體響了警號，才令Bobo猛然醒覺，自己不能再這樣下去：「那時我穿上短袖運動衣服到運動場跑步，旁邊會有人竊竊偷笑，感覺非常難受。象腿、水桶腰、麒麟臂……，這些字詞我已聽到麻木了，當我真的不想再理會別人目光時。令我突然醒覺的是我的身體，當時我只有十多歲，但膝頭竟然不時發痛，身體也變得虛弱易暈。這時我決定要作出改變，我不想我未來的人生都是虛弱，更不想因為膝痛，連走路都覺得辛苦。」

全家總動員助減肥

Bobo抱著前所未有的上進心，給予自己明確目標：要身體健康、要穿著靚衫、要變得優秀，於是她開始了「醜女大翻身」。由調整生活習慣開始，有了規律性的作息，一步步達至均衡飲食、不斷保持運動習慣。同時間，Bobo也鎖定求學志向，成功修讀營養學科的銜接學位，真正把知識融入人生價值觀上。在這段奮鬥時期，除了Bobo自身努力，全家人也與她一起「大作戰」，用各種行動軟硬兼施督促Bobo減肥。媽媽第一個表態支持，把雪櫃裡的汽水甜食全部清走，多烹調高

纖維、低脂肪食物，每日看到 Bobo 都會提醒她要「做好今天的健康目標」，甚至在 Bobo 稍為偷懶的時候，媽媽就好似教練一樣，不斷問她「既然你想偷懶，當初為何又要開始呢？」

除了媽媽，兩個妹妹也有參與其中，三姊妹互相鼓勵減重，Bobo 笑著回憶説：「我們 3 個都是『肥底』，既然我站出來帶頭説減重，我就必須以身作則，帶住兩個妹妹一起同行。因為如果我放棄，不單止影響了自己，更可能成為她們的負面教材。最令我欣慰的不是我真的纖瘦了，而是看到細妹在短短 6 個月之內，由 89 公斤減到不足 60 公斤，這是無比的鼓舞！而大妹雖然不算痴肥，不過本身有亞健康問題，常常易疲累和頭痛，後來我們 3

家人亦協助Bobo減肥

彈床的氣氛，能讓人也歡樂享受運動

姐妹一起運動，健康問題得以大大紓緩。」至於作為一家之主的父親，雖不像媽媽般苦口婆心，亦不像姊妹般身體力行，但他有一套獎懲機制，每當 Bobo 和兩個妹妹減到某個目標磅數，就會帶全家人外出食大餐輕鬆一番，用作鼓勵幾個女兒的辛苦付出。

全家人一起進行減肥行動，讓 Bobo 明白到，原來一班人共同進退的氛圍感是很重要的，她意識到「保持健康」不應單打獨鬥，反而應該凝聚一群人，大家在同一個氛圍之下追求目標。Bobo 萌生了一大班人一起做運動的念頭，不過當時她未有十足頭緒如何實踐，決定先到外地闖蕩一番，看看其他國家的健康文化。最有故事性的經歷，當數 Bobo 在柬埔寨的遊歷，在只有 100 美元生活費的情況，Bobo 沒有到處遊山玩水，反而是在柬埔寨街頭四周探索，不斷與當地人和外國遊客傾計，主動與陌生人打破隔膜。

其中一次，Bobo 在柬埔寨海邊結識了一名美國夫妻，先生與 Bobo 聊得特別投契，讓 Bobo 親身體會到美國人率直開朗的談吐，確實能夠帶來不一樣的正能量，該名美國男士更提議她到星加坡深度遊，見識街頭運動文化。因此 Bobo 決定

飛往星國，看看當地人如何把運動融入生活，其中一個晚上，她更看到有超過 200 人同時在一個公園廣場做 HIIT（高強度間歇訓練）。把汗水與生活習慣相互交融，讓自己潛移默化地建立正向習慣，恰好是 Bobo 一直都追求的生活態度，她遂為自己定下一個目標 —— 將這種健康生活的氛圍帶回香港，將正能量由已及人，一個影響一個，並共同建立重視運動與健康的社群。

萌生健康社群夢

要建立同樣價值觀的社群，Bobo 需要一項運動作為媒介，她選擇了彈床運動。這項運動能提供比起一般有氧運動多 3 倍的功效，過程中能夠消耗大量氧氣，同時會使用到大量肌肉群，有助於建立骨骼密度並改善淋巴排毒，從而促進新陳代謝。彈床運動備受外國年輕一族的喜愛，台灣、星加玻等地都有團體班推廣。

「彈床有一種很獨特的感覺，幾個人又或者幾十人在同一個室內地方，播放著節奏感強勁的電音舞曲，甚至可以將燈光調較像 Club Lighting 一樣，大家盡情放鬆發洩，把全身的能量都釋放出來，有像夜店的氛圍感，又比夜店健康百倍。況且，彈床是運用全身肌肉，能夠讓腰圍變小、脂肪減少、並增加瘦肉和肌肉，愈跳得多身型愈靚，我找不到有哪一種運動比彈床更輕鬆、自在、有效果。」雖然最初想將彈床運動帶回香港，不過初期由於資金不足，Bobo 根本無法應付租金，她便參考星加坡的文化，在公園舉辦 Group Class 招生一起做運動，第一個選址就是尖沙咀九龍公園，每人 $30 一課，全程 60 分鐘，由她帶領之下跑步和做 HIIT，並分享營養價值高的飲食攻略。2017 年，Bobo 正式在尖沙咀創業，店面面積僅 30 呎，將夜燈彈床運動實踐成為事業。

一次對話，Wesley（中）被 Bobo「引導入坑」，自此全力投入彈床運動事業

主動打破隔膜

Bobo 最初教班，收生反應只屬平平，幸好她在外國的經歷，她很懂得與他人打開話匣子，於是乎她不斷主動與街上所遇見的陌生人破冰，宣揚她的健康理念和運動社群。或許有人會認為這是一個尷尬的舉動，惟 Bobo 樂在其中，她積極將正能量氛圍感傳播開去，用實質行動改變他人，其中一個被 Bobo 理念所吸引的，是年過五旬的男士 Wesley。本身是運輸公司及茶餐廳老闆的 Wesley，素來沉醉於工作之中疏於運動，身型難免「中年發福」，唯獨一次有升降機裡遇到 Bobo，自此打開他對彈床運動的認知大門。

面對毫不相識的 Wesley，當時 Bobo 竟突然主動開口問：「先生，你有沒有興趣減肥呀？」Wesley 從容地回答：「可以，你如何幫到我？」Bobo 遂一口氣把她的健康理念和運動社群分享予 Wesley，吸引了後者的加入。跟隨 Bobo 做彈床運動之後，Wesley 減脂多達 30 磅，長期以來的皮膚問題，竟然漸漸好轉，日常起居也充滿了能量。故此，Wesley 下定決心要做一個健康的人，踢走中年身體危機，後來更賣走其運輸公司及茶餐廳生意，全力投入彈床運動事業，同心合力壯大社群。問及 Wesley 為何願意作出翻天覆地的改變，他說：「原因很簡單，我親眼看到 Bobo 改變了我、改變了很多人，所以我支持

一班人跳彈床，播放著節奏感強勁的電音舞曲，能盡情發洩又減壓

彈床是新興好玩又健康的運動

她把理念傳開去。」Bobo 推己及人的正能量，透過她自身的主動推廣，不單止吸引 Wesley，也吸引了不少辦公室女士、婦人、學生參與。

創業至今 7 年，Bobo 在疫情期間一度被迫停業，唯有移師戶外公園及網上教學，讓學生保持「身心彈住健康」的信念。時至今日，

Bobo 已教授超過 1000 名學生，Fitness Expert Studio 在中環、銅鑼灣、荃灣都有分店，星期一至星期日都開班，學生空閒時也歡迎上去店內「打躉」，大家都同一個社群之下互相勉勵。Bobo 更透露其「區區有床彈」的計劃，希望未來讓更多人親身感受彈床的樂趣，將健康的價值傳揚開去。

Fitness Expert Studio
地址：中環永吉街永宜商業大廈4樓A室
Whatsapp：9140 7428
FB/IG：Fitness Expert Studio
香港有氧夜燈彈床班始祖

Ikigai 生存的價值

　　走到 Bobo 中環的 FX Studio，令我馬上想起這個日語「Ikigai」。Ikigai 日文漢字是「生き甲斐」，直接翻譯成中文就是「生存的價值」，也可以解作「讓你每天早上起床的理由」。

　　Ikigai 有四大元素：（1）你享受的事情（Things you love），（2）世界需要的事（What the world needs），（3）別人會付錢請你做的事（Things you can be paid for），（4）你擅長的事（Things you are good at）。如果你能夠找到這四大元素的中間就是 Ikigai（生存的價值）。但找到四大元素中間之前，你先要了解以下組合：

Ikigai 有四種組合（見圖）：

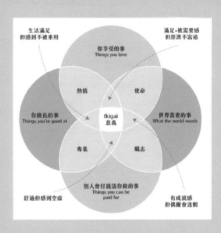

1 你享受的事＋世界需要的事 ＝ 使命 Mission

　　例如：你對環保好有興趣，這也是世界需要的事，因此你經常會去做義工及參加非牟利組織活動，但長期沒有收入也難以支撐生活。最大問題是沒有財富。

2 世界需要的事 ＋ 別人會付錢請你做的事 ＝ 職志 Vocation

　　例如：世界需要人清潔廁所，別人也願意付錢給你去清潔廁所，當然你會有收入支撐生活，但長遠最大問題是人生會感到迷惘，感覺活着沒有意義。

3 別人會付錢請你做的事 ＋ 你擅長的事 ＝ 專業 Profession

　　例如：你是一個非常之擅長打官司的律師，即是明知你客人（疑犯）

有罪，你都能夠幫他脫甩罪名。你有這擅長的技巧，別人一定願意付很多錢給你幫他打官司。 可惜世界並不需要你，你可能感覺到雖然賺到這些錢，但心靈卻很空虛。

4 你擅長的事 + 你享受的事 = 熱情 Passion

例如：你非常擅長潛水，你也非常享受潛水。 你可以每日去潛水潛到最深處。可惜你只是為了自己，世界不需要你，別人也不會願意付錢給你去潛水。 持續下去，你可能會覺得自己很沒用，不被別人重視。

Bobo 創業 7 年，和她交談能感覺到她對這份工作有強烈熱誠：幫到人維持健康，客人願意付費持續上堂，甚至很多大公司都包場 team building, 她又擅長製造現場氣氛，提升運動效果，再配合營養飲食，達到客人減肥及健康的目標。滿腔熱誠的 Bobo 好明顯找到了自己的 "Ikigai"，也就是她每朝起床的最大推動力。因此她都經常說好 enjoy 返工：「日日好似返來玩咁開心！」

把工作變成興趣是創業者成功的關鍵。你呢？ 你又找到了你的 "Ikigai" 嗎？

慢活「訴」食音樂空間
素心事

近年越來越多人尋求夢想，寧願做斜槓族、開間小店做自己喜歡的事，卻發現尋找夢想很需要勇氣。

我們心中都有份堅持，卻總被現實折磨得難以喘口氣。夢想和現實之間，該是怎樣平衡，在於有多用心與堅定實踐目標。素心事由 Justin 和 Vivian 夫妻二人經營的小店，表面看去是年輕人實踐夢想的試驗，往內走才發現是品嘗愛與傾訴空間的體驗。

黑膠的珍藏，都會掛在牆上，等待知音人共鳴

夢想是豐滿是骨感？

在觀塘的一座工廈裡，搭上工廠獨有的大型貨較，打開門一走近，會見到黑色大門，旁邊招牌寫著「素心事　無肉居酒屋」居酒屋三字被刪去，下邊則寫著「珈琲店」。一看便有一種年輕文青的玩味。走進店內，佈滿了黑膠唱片在牆上：張國榮、陳百強、林憶蓮……以及林珊珊等，其中一幅牆畫有巨大的黑膠唱片，上邊寫著八九十年代的老舊歌詞：「憑著愛，我信有出路。」「忘不了、忘不了」「無畏更無懼」。彷彿走進了舊色唱片行時光。再望過去，牆下放著榻榻米式的矮茶几，位置上放著不同的可愛動物玩偶。旁邊更有張白色嬰兒椅……。

以為店主是退休老人。但當他們慢慢在廚後的布簾走出來，才驚

「老闆仔」偶然會在店內巡店，看你能否遇上

覺是一對年輕的夫妻，還有一個一歲多的小兒子，這家「素心事」小店，也同樣開張了一年多，也是他們愛的結晶。

「我希望這裡，能夠帶給人健康、舒適的空間。食客在這裡可以品嚐無添加的健康素食，給他們一個舒適的環境慢慢吃。也將自己喜歡的一切：音樂、理念（及可愛的兒子）分享給人們。」一貫年輕人開一家店的宏大夢想。只是在香港，

日式的美食，想不到是Justin
無師自通研究出來

音樂 X 黑膠 X 美食 X 可訴心
事的慢活空間＝素心事

十居其九都結業收場。實在理想很
豐滿，現實很骨感，稍為有點資歷，
見盡這幾年生意起跌的我們，大概
內心會直接這樣評價。

在香港經營一間用心小店，真
的絕不容易：租金、食材、「燈油火
蠟」、人工……通通是錢。而且兩夫
妻懷有夢想，堅持用優質食材，研究
出美味健康零添加的食品。每天到

街市買菜，關店後自己洗碗清理再
做甜品。心裡敬佩同時，會想著：「死
得更快。」無他，年年月月的現實風
霜，讓有點經歷的人都不敢再談甚
麼夢想。跌痛了，「見過鬼要怕黑」。

可是這對小夫妻 Justin 與
Vivian 卻偏不相信。他們堅定地讓
人知道，走在夢想的路上很難，真
的很難，但，仍然是可以做到的，
並收穫到更多不敢想像的愛。

無師自通分享手藝

Justin 是素心事主廚、甜品師、
老闆。社交媒體上充滿著對他的手
藝盛讚的評語，日式的午餐，有著
日本高級餐廳的水準，每一口吃下
去都會驚嘆原來香港可以有這麼新
鮮清新的味道。日式料理主打食材
的天然，沒有過多的調味，卻更考
廚師的手藝。蛋糕吃下去，是意想
不到的驚喜：辣椒朱古力蛋糕，用
上辣椒入饌，入口會有辣味，卻完
全沒有刺激感。一如與他談天的感
覺：沉穩、實在、談下去卻驚喜連連。

旁人都以為他曾經去日本學藝，
甚至根本是個日本人，學了很多年
廚藝帶回港。他卻語出驚人：「我從

沒有去過日本，這裡的素食是我決定開素食餐廳才研究的，而且沒有跟誰學過。」連同與身心靈中心合辦 Cafe 的經驗，Justin 研究素食竟然才不過三幾年光景，卻能有如此高質素的廚藝，叫人無法相信。

「當你喜歡一件事，你自然會研究，研究多了就會懂得。」你不得不讚嘆他的天份，也不可忽視他的堅持和研究的毅力。因為有心，對食物有愛，他能煮出好吃的日式素食，沖泡一杯與別不同的咖啡。

有愛用心，客人會知道的。常常聽到客人問為甚麼這裡的咖啡、食物這樣與別不同？「也許是加了愛吧？」從氛圍到食物質素，這小店的確每每都是愛，用愛留住客人。

堅持夢想需要勇氣

「這一年多，我倆都無出糧，收入都用在交租、食材等經營成本上。」疫情時或現在復常後的食肆有多慘淡，香港人都身同感受。夫妻二人還有一個一歲大的孩子，

現實壓力無時無刻都是種考驗。讓 Justin 能繼續堅守著，無論如何提供有優質食物和氛圍的，是伴侶 Vivian 的支持。收入未足夠，夫妻得想辦法讓自己生存下來，靠著積蓄堅持、晚上做私房菜、以及 Vivan 邊打理店舖、邊 Home Office 賺取收入。加上照顧初生孩子，確實有夠折磨人，卻讓夫妻甘之如飴，因為他們有能力堅持夢想。

「有時看著營業數字，我都會問他（指 Justin），不如在食材上節省一點，或是想想怎樣可以調整成本。他都會跟我說實在不行。聽著他的堅持和理念，我常常拗不過他，唯有支持。」說起丈夫的堅持，Vivian 總是甜蜜笑笑，這年頭能有個人提醒，原來堅持提供有質素的產品，真的不容易，卻有可能。

「當你聽到客人回饋，欣賞他的『作

特色的人情小店，藏於觀塘工廈裡

每一道甜品與食物，也是 Justin 研究出來的結晶

品』，你又會知道他做的事很對，知道這條路要走下去。」

素心事裡訴心事

在素心事裡的客人，常常跟他們傾訴心事。從「為甚麼買不到這麼新鮮的青瓜蕃茄」、到「家裡這兩星期很忙」⋯⋯ 閒話家常，將他們當作朋友和家人。來這裡的客人，也從年輕上班族，到七八十歲婆婆也有。聽著這裡播放的老歌，稍一不留神，會以為自己穿越時空，回到了八九十年代的雲吞麵店、茶餐廳，那裡有年輕夫妻的「事頭」（老闆），也有天天來吃同一個餐、聊天解悶的食客。

Justin 和 Vivian 的確有意將這裡的空間，創造成可以慢活、聊天的地方。他們感嘆香港的食肆太急速，特別是觀塘上班族，往往只有一個小時午餐時間，排完隊叫完餐，等一段時間餐到了，吃過便走。來到這「素心事」，他們不希望人人都匆匆忙忙。這裡是個可以分享的空間，他們將自己喜愛的音樂分享，滿滿的黑膠唱片在牆上，還有餐廳一角的揚琴，都讓人可以慢起來，享受音樂。面對午市客人，他們讓食客可以電話預先下單，人未到，食物先準備好（而他們為保持質素，午餐亦即叫即製），一入坐便可以享用美食。45 分鐘時間，來一場慢慢咀嚼的享受，再來一杯暖心的咖啡。環境，讓急速的心境平靜下來，一小時的午飯時間也能讓人慢活起來，讓自己的「心」休息一下再繼續工作。

如果沒有太忙碌，陌生的你走進小店坐下來，Vivian 會走過來詢問你「來過沒有？」如果沒有，她會如日本或台灣小店一樣，將餐單上的食物都講解一遍，也會問你喜歡甚麼而推介。上餐後，她又會一一為你介紹食物的材料從哪裡來，大廚（Justin）怎樣處理，讓你誤以為自己在吃 Fine Dining。可是她的親切，與輕鬆的環境，只會令你感受到無限的溫暖。你可以跟她聊閒事，她總會用心傾聽回應。大概食客要吃的，不止是 Justin 的「作品」，而是夫妻二人共同為食客創造的愛。這份愛，甚至可以「救人一命」。

「曾經有位第一次來的客人，就坐在布偶榻榻米那裡，她過來點餐時一副愁容。」Vivian 看著女生，知道她一定有心事。點餐後她徑自拿著咖啡，自顧自的坐下要跟她聊天。「我知道你一定很不快樂，有甚麼事可以跟我分享嗎？」那一刻她化成了樹窿，與這位素未謀面的食客談起心事。知道了食客原來為了工作的事而煩惱，女孩卻沒有任何人可以傾訴。她分享了自己的過往和建議。她既像輔導，更像我們失落時安慰自己的朋友。

一星期後，女孩回到店裡，眼光閃著光芒的告訴她：「我辭職了，而且報讀了英文教育的課，我想清楚了自己的前路。」一家小店、一場傾訴，連結了人與人，這是「素心事」，讓人敢於傾訴心事的魔力。

路難行仍然堅信行

Justin 和 Vivian 為食客提供了充滿愛與舒適的環境、健康有質素的食物和甜品。他們的經營之路著實有點艱辛，也需要努力讓更多人看見才能走得更遠。但再辛苦，他們亦覺得經營素心事是正確的選擇。

「開店時我早有心理準備，這裡不求賺錢，但求三餐溫飽。」Justin 過往經營過 Café，清楚知道在香港要生存、要賺錢該怎樣做。他還是選擇堅持食材，堅持為客人創造悠閒可聊心事的空間。這份堅持，正代表著香港默默仍然想為夢想奮鬥，無論如何闖一次的香港精神。「假若我們兩人出去打工，收入一定更多。但我還是想搏一次。如果我不趁年紀輕衝刺一下，到我五六十歲退休時再做，若果輸了，我便沒有機會再賺取退休後的生活。趁著後生，不如搏一次。」

除了美食，Justin亦希望將音樂分享予知音人

他不是黃毛小子，知道後果也知道付出的代價，但仍然願意找尋出路，讓自己的理想實現起來，也許這才是食客們不斷回頭，想吃下去的那份食糧：對生命、對食客、對人們的愛。

「素心事」慢慢地聚集了熟客，無論經濟好與壞，環境怎麼樣，都會「回家」看看。正如香港人在疫後實在不好過，但懷著夢想，理解現實，好好堅持，還是能得到回饋，以及知音看見。

素心事Sow Something
地址：香港觀塘成業街19-21號成業工業大廈1樓04室
電話/whatsapp：6592 0365
FB/IG: sow.something

香港飲食業疫後怎經營？

老實說，香港餐飲業是很難做的行業。最大的問題不是沒有客人光顧，而是因為競爭對手太多，把「整個餅」分薄了。幸好「素心事」能找到自己獨特的菜式種類定位，兩夫妻及「老闆仔」（BB）成功以真情留住一班忠實顧客，加上貼心的服務及獨有的用餐環境，才能在觀塘工業區殺出一條血路。

為什麼香港餐飲業在疫情後更難經營？

疫情後（2023）相比疫情前（2019），香港餐飲業店舖數量不跌反升。根據食物環境衞生署，截至 2023 年第 4 季，香港有 17,494 間持牌食肆，包括 13,060 間普通食肆、4,429 間小食食肆及 5 間水上食肆。以上，是已發牌可以合法服務街客堂食的食肆。尚未包括截至 2022 年底的食物製廠牌（10,666 間，大部份三餸飯都是這個牌）、涼茶舖（413 間）、非瓶裝飲品（862 間）、切開水果（808 間）、工廠食堂（485 間）、烘製麵包餅食店牌（529 間）、燒味及鹵味店牌（429 間）、冰凍甜點製造廠牌（457 間）。

以上總和，香港現時有大約 32,143 間做食肆的店舖。如果香港大約有 10 萬間店舖的話，食店就大約佔了三分之一。

相比 2019 年底（疫情前）的 27,430 間，疫情後增加了 4,713 間舖（17.2%），至 32,143 間。

雖然食肆數目是增加了，全港整體收入卻還未回復疫情前水平。香港統計處 2024 年第 1 季報告指，食肆收益數量指數為 131.4，相比 2019 年第 1 季 146.6 點，只能回復疫情前約 89.6%。

來回計一計，食店總數多了 13.7%，收益總數就減了 10.4%，即是平均每間食肆分薄了 21.2%。變相以前每間食肆平均做到 100 元生意，現在只能夠做到 78.2 元。

食肆的成本架構一般叫「4321」。每100元營業額，四成是食物成本，三成是員工工資，兩成是店舖租金，最後一成就當然是淨利潤了。現時平均營業額只剩下78.2元，雖然省卻了食物的成本，但工資和租金基本上是固定的，因此最大受影響的應該是利潤。坊間估計，相比疫情前，每間食店平均少了二至四成淨利潤，因此疫情後很多食店都叫苦連天。

「一雞死一雞鳴」的飲食業

我經常説，做食肆是「一雞死一雞鳴」，為甚麼？因為食肆始終門檻低，我一家人都經營過，是「開心」的生意。很多人開食肆未必是為了賺錢，有的是為了夢想、興趣、社交（另有其他目的），也可能為了「威」：一生人怎樣都要試一次。很多人都不介意蝕本都繼續做，最重要是「蝕得起」。香港有約400萬就業人口，當每10個人，一生人裡想開一間餐廳，攤分40年開，每年都有1萬間新餐廳誕生，每個租約平均3年，即使之後全部「執笠」，期間都有30,000間餐廳在營運當中，剛剛好等於現時香港餐廳的數目。這就是「一雞死一雞鳴」。

加上疫情期間多了人失業或就業不足，機會成本降低了，租金又便宜了，自然餐廳數目也多了。可惜疫情後港人消費模式改變了，許多內地的連鎖品牌食肆排隊「攻」港，不計成本在香港開分店、搶佔市場份額、甚至「搭棚」，做好帳目準備上市。本地食肆小店難免又出現一浪淘汰潮，希望做食肆小店的能夠守得住，加油！

「糕」至心靈的藝術
BYJ Art Bakery

點開BYJ的社交媒體，是一幅幅畫。有人像、有風景、也有水墨與書法，還以為走進了甚麼畫廊專頁，哪個藝術家在展示自己的作品，誰知竟全是藝術蛋糕。

將畫融入於蛋糕之中

細心一看 BYJ 的作品，畫都在蛋糕上，蛋糕變成了畫布，上邊的畫才是主角。經營這小店的店主 Jay，不是讀藝術出身，是個有理念的中文系文人，卻同樣有顆敏銳的心，在香港以蛋糕為平台，慰藉無數人的心靈。

將藝術帶進人群中

Jay 大學時已開始創立 BYJ Art Bakery。在人人不是埋頭苦讀想爭取好成績便是想玩樂，再不然努力

兼職賺錢的大學歲月裡，她選擇了思考怎樣將自己喜歡的東西可以分享開去，讓更多人看見藝術的價值，又不致於太過曲高和寡，只有小圈子的人明白。

慢慢她發現到「蛋糕」是個理想的平台，能將她的想法、意念呈現，並能讓大家看見藝術亦可以走入人群當中。Jay 並不是甜點師出身，也不是主攻藝術繪畫，可是她聚集了一班志同道合的朋友，一筆一筆地研究如何將蛋糕面成為畫布，呈現出獨一無二的藝術品，讓懂得欣賞的人，將他們的意念與藝術吃進肚裡去。

剛開始，Jay 乘著社交媒體的興起，經營起網店。當時精美蛋糕市場熾熱，人們對於這些中高檔的藝術蛋糕感到好奇，紛紛會購買拍照打卡。而 Jay 不僅對蛋糕上的畫作有要求，對蛋糕的味道、呈現亦異常用心。使得她的藝術蛋糕，成為了一股潮流。

2018 年 Jay 畢業後，更加開辦蛋糕教室，辦起 1 對 1 教學課程，使客人能在 3 小時當中，親手畫上 Q 版樣子，將藝術教學融入了 DIY 蛋

Jay喜愛藝術，將藝術
融入蛋糕之中

糕之中，效果亦相當不錯。高峰期時
Jay除了開辦教育，繼續售賣藝術蛋
糕以外，更開設了Café，期望品牌
能夠有更大發展空間。

蛋糕只是平台

　　Jay因雅興而造就BYJ藝術蛋
糕這門生意，同時也有生意的觸覺，
讓品牌能夠繼續前行。疫情下無可
避免，亦需要面對生意下滑。可是
她亦同樣敏銳發現，當時男團追星

的市場火紅，特別是男團Mirror掀
起了一場久違的追星熱潮，即使疫
情仍然持續，也不減粉絲熱情，粉
絲會特別喜歡訂製有偶像肖像的產
品，包括蛋糕。

　　Jay看準了機會，研發手繪的
人物肖像蛋糕，希望將人物肖像蛋
糕畫得精緻。這便比Q版畫作的技
術需求相差甚遠，特別是細緻度方
面。比例上稍有偏差，就很容易覺
得不像。而且蛋糕不同於畫布，會

除了畫風甚美的蛋糕，BYJ亦有特色美味蛋糕。此為花旗參戚風蛋糕《憶白髮》

有機會出水，畫像細緻的精準度要求更高。亦正因如此，客人們看到他們的「工藝」，更加願意買單，亦由此開發了精緻肖像蛋糕系列。

以為捱過疫情，可以重新起步，誰知疫情後復常才是真正的挑戰。「疫情時生意下跌了大概兩三成，不過當時市民始終都困在香港，總會留港消費。疫情復常後通關，很多人都選擇了移民，我的客人走了七成。單是蛋糕的生意，比開店時（疫情前）跌了六至七成。」客源少了是挑戰，材料供應商亦有不少結業，剩下的因供應減少自然加價，亦讓 BYJ 的出品雙重打擊。

Jay 自知走中高檔路線的 BYJ Art Bakery 在這個時代其實不是最理想的生意模式。然而她看到的是「蛋糕」市場的長遠性。蛋糕與藝術，於她而言是平台、是媒介。意思是市場有甚麼需要，趨勢無論怎麼樣，始終都需要一個介面盛載不同的產品與訊息。因為疫情看到市場趨勢下跌，她會選擇將 Café 結業，卻堅持做蛋糕以及藝術相關的工作。因為無論生活好與壞，人也會吃蛋糕，亦需要藝術的滋養。

市場萎縮，同樣亦意味著更多人失業，無法發揮自己的天賦才能，疫情下，多少巧手空有能力而需要為三餐而煩惱？能夠為伙伴提供有

像真度極高的肖像藝術蛋糕

蛋糕是平台，既展現藝術，也為人帶來療癒的幸福

力的平台，發揮他們的所長，也是Jay的心願，所以藝術蛋糕的路，必須要守下去，甚至要創出可能。既然漂亮的藝術手繪蛋糕的路需要守，那麼打開一條新的方向又何妨？

一方面，Jay專注意中高端蛋糕市場，將藝術蛋糕做更得精緻，在用料、畫作的立體細緻度以及禮盒包裝上做得更好，價錢亦訂得更高。因為她明白仍會光顧的客人，會更有要求，將口袋的錢，購買更高品質的產品。推動自己與伙伴將作品做得更精緻。「老實説團隊裡的伙伴，畫畫技術很有水準，當中甚至有從事紋身、電影的技師。我希望他們對畫畫繼續有熱情，如果將價錢調低，或只畫簡單的作品，反而埋沒了他們的才能。」客人願意光顧，懂得欣賞作品時，互相有正面影響，才讓市場有正面的提升。

ARx烘培 打開市場

儘管調節了藝術蛋糕的品質與價格，也難抵市場正在萎縮的事實。Jay決定開發另一條路，與不同的機構合作，配合科技AR等技術，讓團體、學校，能夠以烘焙作為媒體，創造有趣而市場少有的計劃。

烘焙是平台，配合AI是新的可能

例如他們與學校創作一個AR電腦繪畫與藝術蛋糕的「真我烘培」計劃，將表達藝術放在蛋糕上，也配合了學校STEM的元素。學生們會先學習怎樣以AR繪畫，在電腦上畫上能夠表達自己、獨一無二的小精靈。之後教這些學生烘培，在曲奇餅上創作出自己的一個匙孔，意味著打開心窗的意思。這塊曲奇其實配合上了AR實景虛擬技術，只需要在學生常用的社交媒體 – Instagram 以濾鏡功能一掃，便能看見自己的小精靈出現。寓科技學習同時，亦能讓學生有機會表達自

183

我，將藝術表達與生涯規劃融化在玩樂之中。

同樣的技術，Jay 亦將它發揮，成為現代 ESG（環境保護、社會責任、公司治理永續發展）的延申，推廣至社會不同的企業機構。例如她運用了烘焙曲奇，可以吃下肚的環保特性，加上了機構的標誌，並配合了 AR 抽獎模式，成為了新一代的企業禮品。如她所言，蛋糕面就像一幅畫布，也是一項平台。運用它本身自然的特性，加上創意，配合不同人與機構的需要和才能，總能找到理想的出路。

藝術是情緒療癒良方

疫後時代，能守著一個品牌，需要無比堅毅的決心。Jay 坦言疫情後更覺難行，但亦是時機讓她知道甚麼是重要。今年她更開始了一個 Studio，銳意將藝術融入烘培班，希望以蛋糕作為媒介，給予更多人有機會探索自己內在情緒。

「我覺得香港人不太關注情緒健康，前陣子有學生自殺，會有一段時間的關注，但很容易便沉寂。可是我覺得這是非常需要下功夫的部份。」2023 年，香港有機構發表抑鬱指數調查，發現對比 2018、

藝術不離地，可以在我們生活之間

新的地方「癒·舍」，可以舉行不同的藝術療癒課

2020 同類調查，香港人的抑鬱指數大幅度上升，有些組別甚至達三分一人有抑鬱傾向，至需要接受專業治療及輔導級別。可是香港人並不習慣尋求情緒協助，藝術治療或工作坊，成為極佳的入手方法。

走進 BYJ 這個新的工作室「癒·舍」，它完全不像烘培教室。反而更像一個寧靜、洗滌心靈的空間。進門會有一張大台，可以為烘焙作品添上不同色彩。更多的空間是放置了沙發、豆袋，猶如一家舒適的 Café，窗外是綠蔭的山與樹，剎那間心靈已經可以放鬆。若能透過專業導師的引導，在蛋糕上作畫，從而了解自己，深入內在情緒，亦可以吃下自己創作的作品，心自然療癒不少。

藝術是平台，藝術家能透過自己的專業，將情緒、想法得以展現。詩詞如是、畫作如是，藝術的本質，不是技術有多高超，臨摹有多準確。而是在於「心」，用心創作，就是藝術。用心經營，將手上的工具發揮最大價值，惠及最多人（包括品牌、畫師與合作的伙伴），是 Jay 的經營藝術。

而藝術不離地，可以在我們生活之間。如藝術蛋糕一樣，如我們的情緒一樣。

BYJ Art Bakery
電話：6512 0170
FB/IG: byj.hk

人客「聘請」你，是為了甚麼？

Jay 是希望透過不同的藝術烘焙產品與課程，表面上是教人烘焙藝術蛋糕，實質上是希望透過工作坊治療多種由都市壓力引致的情緒困擾。

BYJ Bakery 的個案，馬上令我想起美國哈佛大學的 "Jobs to be Done Theory"。教授 Clayton Christensen 表示做任何生意，都要知道 "What are the JOBS to be done? What are you HIRED for?"（人客「聘請」你，是為了甚麼？）

著名連鎖快餐店公司麥當勞曾經就做了一個研究，希望提高 milkshake（奶昔）的銷售量。因此公司訪問了很多顧客，研究如何改良奶昔味道。較甜？較淡？朱古力較大粒？較濃稠？或較多冰？結果無論如何改良奶昔味道，生意都沒有太明顯的升幅。

後來麥當勞就聘請了這位 Clayton Christensen 教授做顧問，發現原來大部分奶昔早上八點半之前就已售出，為甚麼那麼早客人就來買冰凍的奶昔當做早餐呢？

後來發現很個買奶昔的客人不重視味道和價錢。原來是因為他們一大早要開車上班，路程長，道路又堵塞，沉悶得很。司機左手駕駛着軚盤，右手就沒事可做了。這時食漢堡包又覺膩；薯條又要加茄汁；食 donut 或 bagel 等又不方便；食香蕉可能就一到兩分鐘已食完；喝一杯可樂很快又喝完；但如果喝一杯奶昔呢？你不會立即喝完，而是要平均需要花 23 分鐘才完成，那麼這段車程就不怕悶了。喝完還感覺飽肚、滿足，直至早上 10 時、11 時都不會餓肚子。

真正購買的原因

So .... What is the JOB to be done? 麥當勞發現奶昔的 JOB to be done 是解悶。顧客"HIRE" 奶昔是在開車上班途中解悶，尤其是不用控制軟盤的手。而奶昔以外的其他選擇無法單手做到，會影響駕駛。

明白這一點之後，麥當勞就發現原來有這個需求的市場不再只是喝開奶昔的這群顧客，市場潛力馬上大了 7 倍。另外飲管可不可以變得更幼，幫助人解悶更長時間呢？麥當勞接納了教授的建議，調整了市場推廣策略，奶昔之後就更加熱賣。

BYJ Bakery 的工作坊也是同樣的道理。表面是藝術烘焙班，但其效果遠遠大於只是烘焙，"Jobs to be done"是為壓力大而導致不同情緒問題的都市人減壓。甚至能夠和很多私人及社福機構舉辦不同的工作坊，以藝術烘焙為媒介，為社會帶來更多正能量。

好多做生意的人，往往沉迷在了日常細節裡面，很容易忘記了 What is the JOB to be done? What are you HIRED for? 例如，顧客來光顧你的餐廳，是想來用餐、認識新朋友、或想找個地方一邊用餐一邊聽音樂減壓？顧客來光顧你的時裝店，是來買衣服、來聊天、或想你給他們一些意見選擇潮流的衣服？來加入你的健身室做會員，目的是想操練肌肉，減少自己因不良的飲食習慣的罪惡感？會不會是就算不怎樣做運動，卻想別人説他是這間健身室的 member 呢？

如果用新的角度去瞭解顧客的 JOBS to be done, What are you HIRED for? 客人「聘請」你是為了甚麼目的？你那門生意的市場潛力會否增大了很多呢？

魚教育於親子
魚遊——金魚探索館

金魚，這些色彩斑斕的水中生物，正是我們熟悉卻又陌生的生命奇蹟。

你有否曾經想過，有一天能夠在繁忙的都市生活中看到我們常常忽略了那些悄然存在於我們周圍的美麗事物。當您走進金魚探索館的那一刻，仿佛踏入了一個奇妙的金魚世界。「魚游」是一所以金魚為主題的探索館，旨在讓家長和孩子們一同探索金魚、探索生命、探索親子樂趣的地方。在金魚探索館孩子能近距離觀察和了解這些優雅的小精靈，並在過程中增進親子間的互動。

曾經營室內遊樂場的 Harris，經歷過生意失利，仍然決意與拍檔 Herman、Karen 開辦魚遊 - 金魚探索館。創造另類的親子玩樂場所，讓孩子可以玩的同時，教育孩子照顧生命，珍惜生命。

以孩子興趣出發

當你走進金魚探索館的那一刻，便仿佛跌進了奇妙的金魚世界。「魚游」金魚探索館身處於荔枝角特色寵物商場內，常常會看到孩子被門口的小魚池吸引，想要撈金魚而不願離開。放眼看去，會見到吸引人的大魚缸，魚兒在裡面游得自在。魚缸下有一「機關」，足夠一

個孩子鑽進缸底，伸出頭來，彷彿自己在水中漫游，與魚兒暢泳。整個金魚探索館總是充滿令人驚喜的「打卡位」。

除了打卡位，探索館裡有更多是教育空間，有魚菜共生的設備、不同的金魚在各式魚缸中暢遊。場內設有很多也有適合孩子玩的「活動攤位」，更有 DIY 場所，讓孩子動手 DIY 金魚作品。有這樣的構思，源自 Harris 擁有 15 年教育經驗，

開辦過室內遊樂場，眼看在遊樂場裡，往往是孩子在玩樂，家長在旁邊按手機，遊樂場的設計主要亦是供孩子玩樂，比較少能夠親子同歡。由於自己和拍檔都熱愛養魚，發現魚是一個很好的媒介教育孩子。

「魚是最簡單入門的寵物。你不用花太多金錢，簡單至一個水盆也可以養金魚。卻可以獲得飼養寵物的療癒。像我自己，有時候望著一缸金魚游來游去，忽然驚覺已經

金魚館內亦有不少文化元素

科學亦是探索館的重點　　　　　孩子照顧金魚，也是生命教育

看了半小時，心情不知不覺放鬆了許多。」養金魚不難，即使年紀小也可以學習照顧小生命，培育孩子的照顧意識。在照顧的過程中，家長亦會加入陪伴，促進了親子的時光。因此運用自己經營室內遊樂場的經驗，創建出特色的金魚探索館。

親子時光 教育本質

　　開業 3 個月的金魚探索館，一切尚在探索中。不難看到 Harris 的團隊花了很多巧思來吸引孩子興趣，引導孩子提問導師更多，家長在陪伴的過程中，亦和孩子有更多的互動。

　　館內以「售賣門券」形式收費，門券包含了家長和孩子的入場費，

隨即家長和孩子可以聽「導遊」講解，了解不同金魚的種類，餵飼金魚，並有科學互動環節與 DIY 小手工。完結後孩子亦可以逗留在場館繼續遊玩。「很多家長會最初以為聽聽講解和餵金魚，不會在這裡玩太久。誰知孩子總會玩得捨不得離開，家長也能從中互動，擁有一段親子時光。」

　　家長協助著孩子進行不同任務，親子的感情才真實連繫起來。這是 Harris 特意設計的場景。「金魚探索館並不是一個遊樂場，它有著吸引孩子玩樂的元素，卻是為了教育孩子而設。」而教育，親子的互動關係是重要一環，致使客人在進館後，孩子和家長各自都有所得著與體驗。

競爭激烈積極面對

金魚探索館佔地不少，又位於荔枝角的商場內，租金肯定不便宜。要經營甚至盈利，Harris 深知不易。近年室內遊樂場，難以抵抗家長北上的趨勢，所以在經營困難之下，Harris 自己經營的遊樂場亦選擇結業。

「捱過了疫情，卻捱不過復常。疫情時被迫關門了不少日子，在放寬階段仍有不少家長會帶孩子來玩樂。誰知當真正疫情復常後，家長都帶孩子外遊。最近這一年家長喜歡北上，情況更加惡劣。」家長帶孩子北上遊玩的趨勢，令 Harris 的室內遊樂場大受打擊。「香港始終租金、人工的固定開支大，同等的

以孩子的興趣為主，讓金魚教育孩子生命與科學

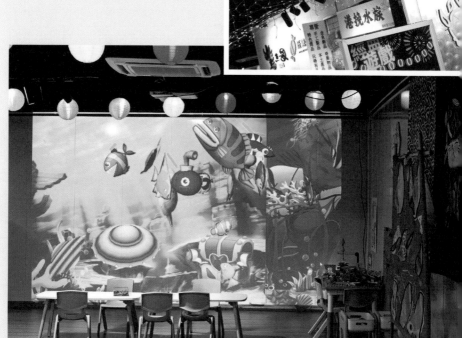

將教育融入科技

特色的香港車廂在魚游也找到

價錢，香港可能玩一兩小時，國內卻可以玩一整天。而且更大、更新鮮好玩，香港難以競爭。」現實趨勢，難以抵抗。

既然如此，為甚麼仍有勇氣與膽量開設金魚探索館？「所以我們更加要專注在教育。這裡不是遊樂場，而是一個學習的場館。」金魚探索館的定位是教育。無論是親子教育，還是教育孩子科學、生命。Harris 面對失敗，選擇汲取經驗，了解自身長處，探索市場所需，實踐香港人的頑強鬥志，創立起這探索館，為孩子提供更多選擇。

隨機應變 致勝之道

「香港人愛新鮮，以前有新遊樂場開幕，家長都會帶孩子試玩一下。」雖然金魚探索館不是以遊樂場作定位，但對家長來說亦算新鮮，本來預計開幕後會有不少家長帶來遊玩，卻受北上效應影響，不算理想。經歷過復活節假期，團隊便知道必須重整方向，調整模式尋找出路。

「原本我們還在整理教學模式，並不打算太快與學校和團體合作。」誰知不少學校和團體看到金魚體驗館的報導，主動找上門查詢。機會來到，不如抓緊現況。

Harris 與柏檔加緊腳步，設定好金魚主題的教育導賞團，主打學校和團體市場。學校與團體看到有新鮮主題，又能配合教育孩子的內容，導賞團後亦有孩子可以玩樂的空間，亦樂於合作。Harris 最初覺得剛開業先做家長客，更慢慢建立起團隊教學，誰知人算不如天算，轉換思維雙線進行亦是一條出路。

跳出框框 善用空間

細心留意，會發現探索館會分為兩部份。一部份是硬件較多，有特色主題。這部份有如金魚博物館，是探索館的主體。當中有不同的魚缸、展示著各種品種的金魚，並有內容介紹。也有車站模型、霓虹燈打卡位、酒樓車仔佈景等：港味甚濃。那是為了方便在教育孩子，看到不同金魚種類，與金魚互動同時，家長孩子都有特色打卡位，留下美好回憶，增加趣味與互動性。「希望在教育孩子的同時，將我們的文化傳給孩子。」

而探索館內還有另一部份，多是可移動的攤位。包括 DIY 場區、沙畫枱以及科學研究區等，也有配合科技的魚兒繪畫，讓孩子能夠發揮創意，畫出屬於自己的魚，投射在牆壁上。這些攤位既配合金魚主題，延申至不同方向教育孩子。也可以自由移動，方便團隊配合不同主題項目有所增減，不斷改良。例如以前場內有一個吹氣城堡，也有一些拋豆袋的遊玩設施，Harris 說將來亦會收起來，改為孩子的金魚繪畫創作區。場地亦可以空置出來，作為較大的空間，做不同的租場項目。

機動多變、充份運用可能、靈活配合是香港人的特色。孩子的教育路，要一點一滴的時間累積。全新概念的金魚探索館，亦需要時間

琳琅滿目的金魚與介紹

探索館內可清空攤位作活動

讓社會更多人看見。在此之前，如何讓探索館得以生存，亦必須考慮。因此 Harris 知道，需要充份運用擁有資源，給探索館有更多可能性。

未來的路仍然是多變。Harris 決定作出更多嘗試，例如不同時段滿足不同客人：星期六日主要是親子教育，家人可以買套票預約入場；星期一至五平日是學校與團隊的教育時光。而晚上亦可以舉辦成人班，以 Art Jamming、手工藝等興趣班等吸引打工族上課。

金魚是有趣的動物，牠們可以在幾個月之間成長很多，也會有機會飼養一段時間讓身體變色。牠可愛，也可變，但為人類帶來療癒觀賞的本質不變。就如魚遊這金魚探索館，親子教育的理念不變，卻可以帶著香港人獨有的生命力與適應力，適應著不同的市場，帶來無限可能。

魚遊－金魚探索館
地址：荔枝角長沙灣道680號麗新商場102舖
FB/IG: Gumyuland

找出非核心客戶

到訪魚游－金魚探索館，令我想起幾年前我到法國 INSEAD 研讀籃海策略課程。在課堂內，教授 Renée Mauborgne 提到做生意如果要找到新客源，不應該專注於傳統的核心客戶（core customers）。反而應該分析為何大部分的人都是非核心客戶（non-customers）？找辦法吸引那些非客戶，做大個餅。

以魚游做例子，為何許多親子家庭都沒有成為一般金魚街的商舖或冒險樂園等室內游樂場的核心客戶？為何大部分親子客都是他們兩樣的非客戶？

教授 Renée Mauborgne 解釋，「非客戶」分 3 個層次：

1 "Soon-to-be" non-customers（已將成為非客戶）：試過產品或服務，但不滿現況。例如：許多家庭去過旺角金魚街，覺得店內太迫，人太多，店員也無心解釋，覺得不買也罷。

2 "Refusing" non-customers（拒絕的非客戶）：已堅決拒絕再試用。例如：許多親子怕洗費大或過份製造中獎的虛榮心，而拒絕再入室內游樂場。

3 "Unexplored" non-customers（未開發的非客戶）：這顧客群連金魚街在哪裡或室內游樂場如何玩都不知道。他們從未想過要光顧。例如少數族裔、殘疾人士、遊客等。

如何吸引以上 3 個次的非客戶？ 你就要做到與行內其他行家不同，魚游就透過了藍海策略的 4 部曲：ERRC（Eliminate, Reduce, Raise and Create）去重新佈局公司的策略產品，讓其游出藍海，成為香港首間金魚主題探索館：多元結合教育、遊樂、本地文化和金魚欣賞。這與一般金魚街的商舖或室內游樂場不同，能夠吸引到親子家庭。

如何吸引非客戶（non-customers）？

1 消除（Eliminate）：首先要確認有哪些行業慣例或產品特性是客戶不需要的。通過去除無意義的元素，可以簡化產品或服務，降低成本。例如：魚游減去一般室內遊樂場的機動遊戲，省卻了重大機械投資及維修成本，專注做好金魚博物館及可移動的攤位。包括 DIY 場區、沙畫枱以及科學研究區，提升親子互動體驗。

2 減少（Reduce）：識別那些行業內普遍存在，但客戶不太重視的元素，適度減少或簡化它們。例如一般金魚街商舖都會裝滿幾百，甚至過千條金魚讓客選擇。反而魚游是「重質不重量」，減少死魚的損耗，專注提升珍惜每條金魚的教育意義給顧客欣賞及有限量購買。

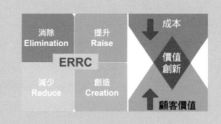

3 提升（Raise）：發掘客戶重視但行業內普遍低於預期的元素，加以提升和改善。例如魚游提升了教學及親子互動元素。較一般金魚店更大活動空間，也較一般室內遊樂場有更大教育意義及更融入大自然，讓家長一同探索金魚及親子樂趣。

4 創造（Create）：發現行業內從未提供過的全新價值元素，創造一種嶄新的產品或服務。例如：魚游就是成功結合了傳統金魚店及室內遊樂場的娛樂特色，在香港繁華的市區內建立一個全新空間讓親子，集 DIY 互動、學習、打卡、探索、餵飼、導遊及購物於一身的探索館。是香港首間，亦想在香港想到另一個相同場地都沒有，這就是「創造」。

魚游成功行過了以上四部曲，成功做到「價值創新」，吸引了以上三個層次的非客戶（non-customers）光顧。

你的生意又如何應用以 ERRC，吸引非客戶做大個餅呢？

大南街
留下來 的匠人
阿里皮藝

在香港工業最鼎盛時期，深水埗是重點批發地。特別是布業
與皮業批發，都會落戶此地，見證昔日的時裝、皮具興盛
工業，可惜近年工業廠房遷移北上，香港早就沒有工業，
批發地的街道亦漸變冷清。

　　這裡卻有一位留守了 10 多年的匠人，借用他的工藝皮具，見證著小城小街的興衰，亦用心堅持著工業時代留下來的匠人精神。他，就是「阿里皮藝」主理人 Alvin Wong。

一見皮具即著迷

　　談及匠人精神，大多數人都會即時聯想到日本，原來香港也有人為這股精神默默耕耘。自小喜歡「動手動腳」搞創作的 Alvin，機緣巧合下於深水埗經過一個手作市集，看到一個展示皮藝產品的小攤，擺放著些馬臀皮銀包，旁邊放著一個小牛皮單肩袋，各自散發的獨特的皮

具味，設計帶出了生命力和創造力。這些皮革用品的獨有魅力，都深深吸引著 Alvin。這些產品衝擊了 Alvin 的大腦，立即構想出如果皮到他手會如何處 DIY 處理？單是構思用甚麼皮、呈現的設計、光澤如何讓成品更有質感，已教 Alvin 非常興奮。

　　回到家中 Alvin 逼不及待上網搜尋「如何自製皮革袋」。可惜當時網上資訊不多，唯有不斷尋找相關書籍，發現日本書籍對於皮具介紹，猶如「武功秘笈」，令他受到點撥開竅。雖然 Alvin 不懂日語，但當中的內容圖文並茂，步驟清晰。連同設計用的道具都有詳

細的解説，讓他能減省更多初學
成本。

一般人初學新興趣，都不會投
入太多。Alvin 卻立馬租用了一個工
廈單位作自家工場，給自己在工餘
時練習。對皮具的熱愛，已達廢寢
忘餐的地步：工作、吃飯、睡覺，其
餘時間都是在工場渡過。每門手藝
的匠人，都對其手藝有過人的堅持，
無一不投放大量的時間及精力，磨
練自己的手藝，目的就是要把它做
到極致。

作品是藝術品

手工藝者一旦成名，少不免會
為了賺錢而售賣作品，迎合市場需
求而產出，導致作品上失去靈魂。
Alvin 正正相反，他的皮藝作品好比
自己的兒女。當 Alvin 完成了作品，
便會拍照並上載至 Facebook 分享。
那個年代手作皮藝較為罕見，不少
好友看到他的作品都大為讚好。更
有網友立即向他查詢價格，希望購
買。然而對 Alvin 來説，他的作品
是無價的：「把它造出來是因為我
喜歡，是我的興趣，而不是迎合市

阿里皮藝進駐大南街後，見證著翻天覆地的變化

手造的作品，都是精心雕琢的藝術品

場或客人。」Alvin 一開始並無打算
做皮藝生意，他只執著於自己作品
的獨特性和原創性。後來有一名網
友，非常欣賞 Alvin 這股堅持，便提
出：「我對皮藝都非常有興趣，但
真的無從入手，你有興趣開班教學
嗎？」成為了 Alvin 開班授徒的契機。
Alvin 心想自己可以一邊教學生，一
邊創作，也是個好方法。於是開始
了小規模的教學班，召集同好 共 賞
皮革之藝術。

　　Alvin 也樂於參與了手作市集，
向大眾分享皮藝手作。皮藝產品不
同畫作，人們需要實物看過、摸過，
才能感受到它的美麗和質感。透過
市集，Alvin 獲得了不少回饋，亦豐
富了他的靈感。本來他大多設計一
些實用型的皮藝小皮具和袋，並沒
有想過皮藝的創造性可延伸到有多
遠。有一次他在市集看到旁邊的小
攤正展示一些畫作，引發了他天馬
行空的想像，嘗試用不同皮料的顏

色及軟硬度，製成一幅立體畫作，
將皮藝帶到新的可能。

進駐「皮具街」

　　透過 Facebook 的作品宣傳及
教班，Alvin 認識了不少志同道合
的朋友。眼見皮藝製作正值熱潮，
但很多初學者及學生對技術、材
料及工具都感到困惑。Alvin 與好
友便萌生開店的念頭，於 2014 年
成立阿里皮藝（Alri Star Leather
Factory）。目標為人們提供皮藝一
站式服務，包括皮藝製作教學、皮
料及工具零售和裁皮、削皮等加工
服務，店鋪選址於深水埗大南街。

　　問到 Alvin 為何選址在大南街，
並不單單是成本問題。2014 年，大
南街有較多空置店鋪，租金亦相對
便宜，加上旁邊有不少皮料及布料
批發店，大大節省運輸成本和運輸
時間，從商業角度是個合適的選址。
更重要的是，這裡有著深厚的歷史
背景：往昔的深水埗是布業和皮業
的批發重地，而大南街就是皮業的
表表者，周圍開設了皮廠以及批發
商，著名的有從 1948 年至今仍在營
運的聯昌皮號。但伴隨著香港工業
北遷，大南街皮業亦逐漸式微。為

匠人工欲善其事，必先利其器

了重現大南街的皮業特色，Alvin 便決意於此地開店，雖談不上要復興行業，但也為自己留一道「傳承」印記，將大南街皮業的歷史延綿下去，讓更多年輕一輩知道這條街的歷史足跡，這才是一家小店應有的情懷。

人氣熱點「文青街」

阿里皮藝的營運模式，在 10 年前的香港來説非常新穎，引起外界對大南街的興趣。Alvin 指出，當時差不多每個月都有媒體訪問，也吸引了其他商店進駐大南街，如咖啡店、展覽店、唱片店及眼鏡店等，其中單計咖啡店便多達 15 間。整條大南街由死氣沉沉變得日夜繽紛，由工藝氣氛變成文藝氣質，「（新店）都不是做街坊生意，而是區外客，改變了大南街的氣質，這種格局是一班店主合力創造的，大家將自己的興趣公諸同好，吸引了發燒友，也開創了新的市場。」

眼見街內特色小店愈開愈多，他便大膽提出「深水埗藝遊區」的建議，聯合區內其他小店參與，最終眾人共同在 2014 年 12 月以地攤形式辦成短期市集，吸引了不少傳媒報導和市民參觀，令街道人氣增添不少。然而主動舉辦的民間活動，換來的卻是政府部門的投訴與管控，指擺地攤有阻街的風險。原本翌年他們打算再接再厲，亦跟足指引向當局申請，可惜多次斡旋都未能成事。最後店主只能在自己店內或短租空置鋪位擺攤，失去了地攤市集的感覺與特色，效果不理想，讓「深水埗藝遊區」成了剎那光輝。

幸而，至少 Alvin 親歷過大南街的「人氣歲月」，他感到有份幫助將大南街由「被遺忘」經營成「文青街」。想到他以「阿里皮藝」進駐這裡，猶如開荒牛一樣創造出極具焦點的文藝街。這種把「從無到有」實踐出來的結果所得到的滿足感，是多少錢也買不來，就如他的皮藝作品一樣。

Alvin 與皮藝，注定要遇上

「家庭街」成疫後去處

縱使沒有地攤，大南街仍然深受遊客歡迎。尤其是台灣、韓國和新加坡的旅客，他們都熱愛於文化旅遊，除了「打卡」影相外，大多會以香港手工藝品作旅行紀念品。可惜人山人海的日子去到 2020 年戛然而止。隨著疫情爆發，大南街人流頓失大半，外國遊客完全絕跡。猶幸封關之後，港人都集中在本地娛樂消費，像大南街這般具主題特色的街道，便成為一家大細的週末好去處，在人人戴上口罩、旅遊區人跡罕至的時代，大南街卻別有一番境象，成為一家人樂也融融的休憩地方，彼此展現難得的笑容。作為最近的旁觀者，Alvin

見證著大南街由「皮具街」，變成了服務旅客的「文青街」，再變成疫情期間的「家庭街」，連帶店內也多了不少小朋友參觀。那段日子，整個香港因為疫症橫行而人心惶惶，唯獨大南街卻充滿生機和商機，多家小店百花齊放，萬綠叢中一點紅，可說是深水埗區內最具朝氣的一條街。

好境不常，這股朝氣並無因為疫後復常而進一步綻放，相反開關後港人傾向外遊消費，來港旅客數量銳減，大南街盛況不復再。雖有內地旅客參觀，但他們多數只是「打卡」，而沒有太多實質光顧，況且業主逆市加租，小店經營本來已經

毛利不多，令它們負擔百上加斤。漸漸地，大南街的咖啡店遷走的遷走、倒閉的倒閉，其他古著店、雜貨品紛紛告急或結業，換來的租客並不多。而街上的高消費店舖，如日式餐廳或中式私房菜，更加大受影響。整條大南街在入黑之後靜如死寂，僅剩下「阿里皮藝」依然燈火通明。留下來的人，仍是那家10年前選擇進駐沒落之街的皮藝店。

時光荏苒做好自己

任大南街怎變，Alvin 都只會做回初心，他表示：「這10年我看到大南街有很大變化，對我來說都不是重要影響。我是製作皮具的，最影響我自身的，是這一門工匠手藝。我不會為了生意，把自家產品『監平監賤』出售。因為我值錢的不是產品，而是我的工藝。我確信一點，只要人擁有一門獨到的手藝，靠自己雙手做，就有能力做到退休，去

到哪裡都不會餓死，這就是我所演繹的匠人精神。」

也許當初受日本皮藝書啟發，Alvin 的皮藝之心，亦如日本匠人一樣：擇善固執。他認為若對自己的產品無感，對品質沒有執著，那就注定會成為被淘汰的一個，他直言：「要找一件自己喜歡的事，去浸淫那門手藝。緊記初心不變，堅持下去，工多藝熟便能成為專家，自然就不會餓死。」手藝這東西，只要你喜歡，便會堅持下去。如同視「工多藝熟，才能恆久」為人生格言的藝術家 Alvin。

Alvin 與文化小店合作，推出真皮面料的紅白藍作品新舊交融

阿里皮藝
地址：香港深水埗大南街189號
電話：3791 2217
FB: AlriStarLeatherFactory
IG: alricraft

生意善用行為心理學

很欣賞 80 後的 Alvin 對皮藝創意的熱誠。和他交談令我第一時間想起多年前我曾於哈佛大學學習「行為心理學」（Behavioral Economics）時，哈佛教授 Michael Norton 提出做生意要非常善用 IKEA Effect。

IKEA 效應是指顧客對自己組裝產品時感到的滿足感和附加價值。當一個人花時間和精力去創造或組裝某些產品時，他們就會產生一種滿足感和對該產品的高度評價，往往高於市面上同類型的製成品。這種心理效應被稱為 IKEA 效應。這種效應源自於瑞典家具連鎖店 IKEA 鼓勵消費者自己組裝家具。原來自己動手組件傢俬，滿足感及該傢俬的價值也提升。換句話說，自己動手更有成功感。

哈佛教授 Michael Norton 於 2011 年曾經做 IKEA 效應的研究，找來182 位大學生砌 LEGO 鴨仔。結果發現如果隻鴨仔是別人砌好的，他們平均願意付出 42 美仙買製成品。但如果是自己親手砌的，他們平均願意付出84 美仙買入，較別人所砌的高出一倍價錢。

Alvin 的皮藝生意，表面上是一種好傳統皮具的生意，但有以下五種方法應用 IKEA 效應，好多 Alvin 已運用中：

1 多舉辦客戶 DIY（Do-it-yourself）工作坊：邀請客戶親自動手製作皮夾、皮包等小物件。在工作坊中，消費者不僅能學到製作技巧，還能感受到親手打造產品的成就感。這不僅能培養消費者的忠誠度，也能增加他們對阿里皮藝品牌的好感。當然他們在店裡數小時的工作坊時間，自然也會買店內的皮革用品及 DIY 工具，以提升零售生意額。Alvin 已實行 DIY多年。

2 提供個人化產品設計服務：Alvin 可以讓消費者自行設計或修改皮具產品的顏色、材料、圖案等元素，讓他們參與到產品創造的過程中。

這不僅能滿足消費者個性化的需求，也能增強他們對最終產品的認同和滿足感。他們願意付出的價錢自然提升。Alvin 現在自家推出的品牌"Novoguy"已經實行這個人化服務。

3 推出組裝式產品：Alvin 可考慮好像 IKEA 一樣，設計一些可拆卸或組裝的皮具產品，讓消費者自行組裝。雖然這可能需要更多的包裝和說明，但可以讓消費者參與產品製作的過程，獲得更多的成就感。例如：一個可拆卸的筆記簿皮套，客戶可以自行裝配內頁、扣環、開關鈕掣等配件。

4 提供 DIY 維修或改裝服務：Alvin 可以定期在舖內或在線上直播示範自行修理或改裝破損的皮具產品。這不僅能延長產品使用壽命及提高顧客忠誠度，公司也可以讓消費者掌握基本的維修技巧並銷售所需工具配件。

5 打造皮藝互動社群：Alvin 可在線上及線下組織群組，鼓勵客戶分享自製作品、交流皮藝心得。定期舉辦皮革工藝展示或交流活動，甚至乎皮藝比賽或各類型社區合作活動，進一步走進社區，增進與客戶的互動及歸屬感。

　　以上五種方法的關鍵都是給予客戶參與在產品製作過程，產生 IKEA 效應，客戶成就感提升，自然價錢也提升。讓阿里皮藝走出一片生意藍海。

火柴頭工作室
MATCH MEDIA Ltd.

匯聚光芒，燃點夢想！

《疫戰復常～一店・一故事》

系　　列：香港情懷

主　　編：陳糖

出 版 人：Raymond

責任編輯：陳糖、Matthew、李志聰、Annie、Wing

撰　　文：陳糖、Matthew、李志聰、李根興博士

策　　劃：李根興博士

內文攝影：小強

封面設計：Kris K

內文設計：Kris K

出　　版：火柴頭工作室有限公司 Match Media Ltd.

電　　郵：info @ matchmediahk.com

發　　行：泛華發行代理有限公司
　　　　　九龍將軍澳工業邨駿昌街 7 號 2 樓

承　　印：新藝域印刷製作有限公司
　　　　　香港柴灣吉勝街 45 號勝景工業大廈 4 字樓 A 室

出版日期：2024 年 7 月初版

定　　價：HK$158

國際書號：978-988-70510-7-7

建議上架：香港情懷

火柴頭工作室
MATCH MEDIA Ltd.